中国古典名著精华

高适诗集

〔唐〕高适 著

刘枫 主编

黄河出版传媒集团
阳光出版社

图书在版编目（CIP）数据

高适诗集 / 刘枫主编．—— 银川：阳光
出版社，2016.9（2022.05重印）
（中国古典名著精华）
ISBN 978-7-5525-2974-6

Ⅰ.①高… Ⅱ.①刘… Ⅲ.①诗集 – 中国 – 当代
Ⅳ.①I227

中国版本图书馆 CIP 数据核字 (2016) 第 223027 号

中国古典名著精华　高适诗集　　　　〔唐〕高适 著 刘枫 主编

责任编辑　贾 莉
封面设计　瑞知堂文化
责任印制　岳建宁

黄河出版传媒集团
阳 光 出 版 社 出版发行

地　　址　宁夏银川市北京东路139号出版大厦（750001）
网　　址　http://www.ygchbs.com
网上书店　http://shop129132959.taobao.com
电子信箱　yangguangchubanshe@163.com
邮购电话　0951-5047283
经　　销　全国新华书店
印刷装订　天津兴湘印务有限公司
印刷委托书号　（宁）0020187

开　　本　710 mm×1000 mm　1/16
印　　张　12
字　　数　144千字
版　　次　2016年11月第1版
印　　次　2022年5月第2次印刷
书　　号　ISBN 978-7-5525-2974-6
定　　价　30.00元

目　　录

中国古典名著精华

高适与诗歌

卷一　精读篇目

淇上酬薛三据兼寄郭少府微

自从别京华，我心乃萧索。

十年守章句，万事空寥落。

北上登蓟门，茫茫见沙漠。

倚剑对风尘，慨然思卫霍。

拂衣去燕赵，驱马怅不乐。

天长沧洲路，日暮邯郸郭。

酒肆或淹留，渔潭屡栖泊。

独行备艰险，所见穷善恶。

永愿拯刍荛，孰云干鼎镬。

皇情念淳古，时俗何浮薄。

理道资任贤，安人在求瘼。

故交负灵奇，逸气抱謇谔。

隐轸经济具，纵横建安作。

才望忽先鸣，风期无宿诺。

飘飖劳州县，迢递限言谑。

东驰眇贝丘，西顾弥虢略。

淇水徒自流，浮云不堪托。

吾谋适可用，天路岂寥廓。

不然买山田，一身与耕凿。

且欲同鷦鹩，焉能志鸿鹄。

【赏析】

这是高适早年的一篇重要作品，约作于开元二十二年(734年)春由蓟北南返宋途中的淇水之滨。时年诗人三十五岁。诗中借与薛据和郭微的酬唱之机，叙述和披露了自己大半生的坎坷遭遇，"永愿拯刍荛，执云干鼎镬"的高尚理想和节操，并表现了自己推崇"建安"诗风的创作趣向，尽情抒发了一腔郁闷不平之情。它是高适前半生思想和行事的总结，是后半生进入仕途后努力"救苍生之疲弊"的思想基础。

从开始到"安人在求瘼"二十二句为第一部分，叙述早年之经历和自己的政治理想。一开篇诗人就截取"别京华"这一经历，将自己萧条冷落的悲凉心境倾吐出来。诗人二十岁时初到长安，踌躇满志，想在长安建功立业，但"布衣不得干明主"的现实打破了他的幻想。严酷的现实使他猛然醒悟，出身贫寒的诗人根本没有进身之机。第二句中用一"乃"字，不但表现出诗人由希望到失望的心理转折，而且巧妙地过渡到下文的叙述。在天真的诗人面前，"别京华"只是他仕途不幸的开始。紧接着"十年守章句，万事空寥落"十字，又叙写了自己以"章句"之学求仕的巨大挫折。文路不通，改走武路，诗人"单车入燕赵"，欲从军边疆，沙场报国建功。他"登蓟门"而遥望，只见沙漠之茫茫，"风尘"之四起，痛悼时艰，"倚剑"感愤，但不料请缨无路，报国无门，不禁遥想汉代的卫青、霍去病得遇雄主，驰骋疆场，建不朽之功业，垂万古之英名；自己却空怀报国志不免感慨万分！紧接着以"拂衣""驱马"两个动作描写，把他对权势压抑的睥睨之态，曲郁难伸的失意之情形象地展现出来。同时，他怀着一腔愤懑走向社会下层。"沧州"路上留下了他的足迹,邯郸城郭闪动着他的身影,时而"淹留"于"酒肆"之中,时而"栖泊"于"渔潭"之上,孤独寂寞,尝尽"艰险";人间"善恶"无不穷尽。然而,诗人"穷且益坚",长期的挫折,更激励他昂扬奋发。"艰险"的生活,使他对人民的苦难有深刻的了解,更唤起他济世救民的壮志。因此文势至此,突起波澜,唱出了"永愿拯刍荛,孰云干鼎镬"的宏伟抱负。"刍荛",本指割草打柴的人,此指广大穷苦人民,"鼎镬",是古代施行烹煮酷刑的容器。两句意思是:我愿意拯救老百姓的苦难,谁还顾及由此而触怒当权者而遭到致命的酷刑呢?紧接着"皇情"二字,以纯朴敦厚的上古遗风,与当今"浮薄"的"时俗"相对比,证明了自己主张的合理性,并进而提出"任贤""安人""求瘼"的具体措施。以上六句,言简意赅,可谓诗人一生政治理想的纲要。

第二部分"故交"以下六句。先宕开一笔,以己及人,回应"酬薛三据"的题旨,继而以"灵奇"赞其不同凡俗的才气;以"謇谔"颂其耿直敢言的品格;以"隐轸"夸其经世济民才略的富盛,以"建安风骨"喻其诗作的慷慨激昂,至于才能声望的"先鸣",风度信谊的超拔和真诚,那更是有口皆碑。薛据虽"自恃才名",但不过一主簿县令而已,郭微亦不过一"少府"。这不但不能一展大志,而且为"州县"琐事所羁,为地域的阻隔所"限",连"言谑"之机也没有,只能神"驰""贝丘","西顾虢略",遥寄相思罢了,这难道不是对他们极大的讽刺吗?所以,诗人的感情再度强烈地喷发出来。"淇水"东流,"浮云"飘逝,己之理想俱"不堪托",一种时不我待的焦虑,一腔为国为民的热忱,使诗人不禁发出"吾谋适可用,天路岂寥廓"的强烈呼喊。最后四句,以"不然"二字再一转折,设想自己若不被赏识,决心"耕凿"一生,自食其力。如"鹪鹩"营巢,一枝足以自况,哪里能效"鸿鹄"高飞,一举千里呢?这个结尾,从字面上看,似乎表现出诗人与世无争,潇洒出尘的恬静心情,其实是正话反说,他一生对政治十分热衷,决没有真正归隐的想法,诗人的愤懑之情是不难体会到的。

殷璠说"适诗多胸臆语,兼有气骨"。贯穿全诗的,是理想和客观环境的矛盾所迸发出的浓烈悲怆之情,是一股不为世人所理解的超前忧患意识。"永愿拯刍荛"二句,"吾谋适可用"二句等,都是直抒胸臆的,因此能于忧愤苦闷中给人以慷慨豪迈之感。前人评高适诗"悲壮",由此亦可见一斑。

与这种以情动人的特点相适应,是语言的质朴自然。全篇不以华丽的词藻或艰深的词语取胜,而是以质朴自然的语言道出万壑深情。既有粗线条的大笔勾勒,如"十年守章句,万事空寥落"十字,述自己的长期困顿,异常精炼,又有条分缕析的细致描绘,如"天长沧州路"以下六句写自己的蹉跎岁月,历历在目。特别是"酒肆"以下四句,每句各用一"成""屡""备""穷"字,将诗人一生各种不同的遭遇充分显示出来,深刻反映出诗人怀才不遇的思想苦闷,言简意深,又不露痕迹。

自淇涉黄河途中作十三首(其九)

朝从北岸来,泊船南河浒。

试共野人言,深觉农夫苦。

去秋虽薄熟,今夏犹未雨。

耕耘日勤劳,租税兼舄卤。

园蔬空寥落,产业不足数。

尚有献芹心,无因见明主。

【赏析】

这首诗作于开元末年高适从河南北部的淇河南游,渡过黄河途中。开始二句:"朝从北岸来,泊船南河浒。"指出自己由北到南的游历路线,为下文的描写拓展出广阔的空间,暗示出他所写不是某一地之事,而是从北到南,满目所见皆是如此。这样,自然引出三四句:"试共野人言,深觉农夫苦!"因为他一路所见良多,心潮难平,故才有"试共野人言"之举。诗人没有依次叙述他和农民谈话的内容,而是以深挚、沉痛的语言抒发自己强烈的感慨:"深觉农夫苦!"这不但使诗的结构显得异峰突起,具有先声夺人的作用,而且在整个开元诗坛上,也具有振聋发聩的作用。

"去秋虽薄熟"二句,指出去年收成本来就不好,而今年由春到夏,一直天旱不下雨。两句中各用"虽""犹"二虚词前后关联,强调天灾不断的程度。面对灾害的肆虐,"农夫"们除了努力"耕耘",终日"勤劳",还要遭受官府的盘剥。"舄卤",即今所谓盐碱地,土质极差。"兼舄卤"三字,沉实有力,感情凝重,深刻揭示出"农夫"所遭受的惨重剥削。如果说"去秋虽薄熟"二句是写天灾，那么这两句就侧重在写人祸。而且，是以对比手法写出：一方面是"农夫"在天灾面前"耕耘日勤劳"，一方面是统治阶级冷酷无情，"租税兼鸟卤"，突出了农民苦难和官府残暴。"园蔬空寥落"一句，不仅说明收获少，也描写了人们因饥荒厚敛而逃亡，田土荒芜的残破景象。而"产业不足数"，则反映了唐初推出的均田制，由于地主阶级的盘剥兼并，"农夫"的授田数已大为减少的现实。

这样通过天灾、人祸及造成的恶果的逐层揭露，既使前面"深觉农夫苦"的强烈感慨真实可感，又表现出作者对人民苦难的高度同情。这就自然引出"尚有献芹心，无因见明主"二句收束全文。

"献芹"，典出《列子·杨朱》。野人献芹虽不辨美恶，但称献之意出于至诚，后世以"献芹"作为以物赠人之谦词。高适引此典，意在说明自己有济世救民的良策，欲献之君主。但"无因见明主"一句，笔锋突转，以委婉而深沉的笔调抒发自己报国无门的愤慨，在激愤的对比中显示出诗人爱国忧民的高向情怀。与前面"深觉农夫苦"相呼应，使自己的感情得到进一步拓展和升华。

开元、天宝年间，正是史称的"盛唐"时代，国力强盛，经济繁荣，一般人都沉浸在这表面的欣欣向荣的气氛中，但高适却能透过这表面的繁荣，深刻揭示出在"盛世"掩盖下的尖锐矛盾，农民所受的苦难生活，也使我们看到唐代由盛转衰的历史必然。和他同时的其他诗人相比，高适的头脑显得格外清醒，他以现实主义的笔法，形像地揭露出盛唐社会腐败的另一面。所以说"在开元时代诗坛上，高适是首先接触到农民疾苦的诗人。"

此诗在艺术上全用白描。叙事、写景、抒情融于一体，语言自然朴素，不加藻饰；真情真景，如在目前。其次，感情极为深沉凝重。既有"深觉农夫苦"的猛烈迸发，又有叙事中的深沉悲痛，还有报国无门的愤懑不平。总之，诗人忧国忧民之情无不一以贯之。

邯郸少年行

邯郸城南游侠子,自矜生长邯郸里。

千场纵博家仍富,几度报仇身不死。

宅中歌笑日纷纷,门外车马常如云。

未知肝胆向谁是,令人却忆平原君。

君不见今人交态薄,黄金用尽还疏索。

以兹感叹辞旧游,更于时事无所求。

且与少年饮美酒,往来射猎西山头。

【赏析】

邯郸为战国时赵国都城,即今河北邯郸市。《少年行》为乐府旧题,属杂曲歌辞。

"邯郸城南游侠子,自矜生长邯郸里。"前句交代了"游侠子"居住的地方——都城邯郸。这里历史悠久,街市繁华,歌舞发达,士多慷慨。正因如此,他们才感到有一种优越感而"自矜",即自我夸耀,"自矜"这一举动把"游侠子"的自负自得之态勾画得十分生动。在语言上,诗歌以散句发端,"邯郸"一词重复出现,类似钩句,不但不显重复,反有一气贯注,不可羁勒之势。《史记·游侠列传》集解引荀悦曰:"立气齐,作威福,结私交,以立疆于世者,谓之游侠。""千场纵博"以下四句,诗人抓住"纵博""报仇""歌笑""车马"这几个典型事例和场景,就把"游侠子"的生活趣尚作了精炼的概括。同时为了突出"游侠子"的豪迈意气和放纵的生活,采用了夸张、比喻以烘托渲染。如以"千场""几处"来夸饰"纵博"和"报仇",显出"游侠子"看重义气,轻财轻生的豪举;以"日纷纷""常如云"来比喻"歌笑""车马",托出"游侠子"的狂放和气派,其豪迈英武之概,壮浪纵恣之情,可谓栩栩如生跃然纸上。

以上六句渲染"游侠子"豪放的生活,其势如铜丸走板,风驰电掣。"未知肝胆向谁是,令人却忆平原君"二句,气势陡转,诗笔转入对"邯郸少年"内心的揭示。他们对于纵性任侠的生活远远感到不满足,而希望凭自己的侠肝义胆为国建功立业,施展自己的宏图抱负。不料,这美好的愿望却得不到现实社会的理解,反而遭到排斥和压制。使之不由得神游千古,怀念"倾以待士",使之能纵横捭阖,为国排难的平原君。这两句,充盈着诗人知音难觅的惆怅,功业难成的愤懑以及对现实的强烈针砭和对历史的深沉反思! 同时,感情的激流也由前面的飞逸转入沉实,增强了诗歌的顿挫之力。

前半部分诗人借"游侠子"的遭遇来抒发自己沉沦不遇的感慨,后半部分则以直抒胸臆的议论,将抑郁不平之情进一步表达出来。一开始以"君不见"当头唱起,提示人们注意:现在世人只按"黄金"的多少来决定双方"交态"的厚薄。没有"黄金",关系就自然"疏索"了。诗人的感情又由前面的沉实转入激愤,正因他"感叹"之深,对世态炎凉体会之切,因此对于"旧游"和"时事"厌恶之极,这样就有力地逼出最后两句:"且与少年饮美酒,往来射猎西山头!"这样的结尾看似旷达,与世"无求",实则正话反说,充满慷慨之情,愤懑之气,"宕出远神"。何则? 它不仅以"痛饮美酒","射猎西山"的豪举,刻画出"游侠子"的英武雄迈之态。而且以一虚字"且"冠在句首,更表现出他睥睨尘世、待时而动的高旷情怀和耿介刚强的性格特征。这样的曲终高奏,宛若奇峰突起,意蕴深远,令人回味无穷。因此赵熙批曰:"大力收束,何其健举!"

高适在诗中以"邯郸少年"自况,借描写他们放荡不羁的生活,和世态炎凉的际遇,抒发了自己壮志难酬的激愤之情。诗歌写得豪宕激昂,"气骨"铮铮,充分体现了高适"以气取篇"的特点。《新唐书·高适传》评其诗"以气质自高"。所谓"气质",即作者的感情极为慷慨激越。此诗借"邯郸少年"抒发自己强烈的感情,既有豪气干云的雄壮之歌,又有直抒胸臆的激越之声;既有深沉低回的慨叹,又有故作旷达的曲终高奏。这种雄壮与低回,炽热与深沉的错综交织,有力地突出了"邯郸少年"心灵深处的追求和失望、欢乐与痛苦的复杂感情,从而深刻揭示出"世态"的"浮薄"。一般说来,七言与五言相比,更难写得雄赡遒劲,但高适的七言却写得"兀敖奇横",这正是"气质自高"使然。

与这种抑扬起伏的感情抒发相适应,此诗在句式上整散相间,以散为主,用韵上平仄交替,富于变化。如开始两句散,接着两句整,后面又回到散。开始四句用低韵仄声,中间四句用文韵平声,"君不见"两句句句用韵,为药韵仄声,末尾两句再回到尤韵平声。这样,随着整散的变化和韵脚的转换,不仅与感情的抑扬起伏相适应,而且形式上也有整齐对称之美,纵横飞动之妙,节奏鲜明,音调优美。文情声情,丝丝入扣。这些特点,直接影响了后来长篇七古的发展。

中国古典名著精华

燕歌行

汉家烟尘在东北,汉将辞家破残贼。

男儿本自重横行,天子非常赐颜色。

摐金伐鼓下榆关,旌旆逶迤碣石间。

校尉羽书飞瀚海,单于猎火照狼山。

山川萧条极边土,胡骑凭陵杂风雨。

战士军前半死生,美人帐下犹歌舞。

大漠穷秋塞草腓,孤城落日斗兵稀。

身当恩遇恒轻敌,力尽关山未解围。

铁衣远戍辛勤久,玉箸应啼别离后。

少妇城南欲断肠,征人蓟北空回首。

边庭飘飖那可度,绝域苍茫更何有?

杀气三时作阵云,寒声一夜传刁斗。

相看白刃血纷纷,死节从来岂顾勋?

君不见沙场征战苦,至今犹忆李将军。

【赏析一】

《燕歌行》不仅是高适的"第一大篇",而且是整个唐代边塞诗中的杰作,千古传诵,绝非偶然。

开元十五年(727 年),高适曾北上蓟门。二十年,信安王李祎征讨奚、契丹,他又北去幽燕,希望到信安王幕府效力,未能如愿:"岂无安边书,诸将已承恩。惆怅孙吴事,归来独闭门。"可见他对东北边塞军事,下过一番研究工夫。开元二十一年后，幽州节度使张守珪经略边事，初有战功。但二十四年，张让平卢讨击使安禄山讨奚、契丹，"禄山恃勇轻进，为虏所败。"二十六年，幽州将领赵堪、白真陀罗矫张守珪之命，逼迫平卢军使乌知义出兵攻奚、契丹，先胜后败。"守珪隐其状，而妄奏克获之功"。高适对开元二十四年以后的两次战败，感慨很深，因写此篇。

诗的主旨是谴责在皇帝鼓励下的将领骄傲轻敌，荒淫失职，造成战争失败，使广大兵士受到极大的痛苦和牺牲。诗人写的是边塞战争，但重点不在于民族矛盾，而是同情广大兵士，讽刺和愤恨不恤兵士的将军。

全诗以非常浓缩的笔墨，写了一个战役的全过程：第一段八句写出师，第二段八句写战败，第三段八句写被围，第四段四句写死斗的结局。各段之间，脉理绵密。

诗的发端两句便指明了战争的方位和性质，见得是指陈时事，有感而发。"男儿本自重横行，天子非常赐颜色"，貌似揄扬汉将去国时的威武荣耀，实则已隐含讥讽，预伏下文。樊哙在吕后面前说："臣愿得十万众，横行匈奴中"，季布便斥责他当面欺君该斩。所以，这"横行"的由来，就意味着恃勇轻敌。唐汝询说："言烟尘在东北，原非犯我内地，汉将所破特余寇耳。盖此辈本重横行，天子乃厚加礼貌，能不生边衅乎？"这样理解是正确的。紧接着描写行军："摐金伐鼓下榆关，旌旆逶迤碣石间。"透过这金鼓震天、大摇大摆前进的场面，可以揣知将军临战前不可一世的骄态，也为下文反衬。战端一启，"校尉羽书飞瀚海"，一个"飞"字警告了军情危急："单于猎火照狼山"，犹如"看明王宵猎，骑火一川明，笳鼓悲鸣，遣人惊！"不意"残贼"乃有如此威势。从辞家去国到榆关、碣石，更到瀚海、狼山，八句诗概括了出征的历程，逐步推进，气氛也从宽缓渐入紧张。

第二段写战斗危急而失利。落笔便是"山川萧条极边土"，展现开阔而无险可凭的地带，带出一片肃杀的气氛。"胡骑"迅急剽悍，像狂风暴雨，卷地而来。汉军奋力迎敌，杀得昏天黑地，不辨死生。然而，就在此时此刻，那些将军们却远离阵地寻欢作乐："美人帐下犹歌舞!"这样严酷的事实对比,有力地揭露了汉军中将军和兵士的矛盾,暗示了必败的原因。所以紧接着就写力竭兵稀,重围难解,孤城落日,衰草连天,有着鲜明的边塞特点的阴惨景色,烘托出残兵败卒心境的凄凉。"身当恩遇恒轻敌,力尽关山未解围"。回应上文,汉将"横行"的豪气业已灰飞烟灭,他的罪责也确定无疑了。

第三段写士兵的痛苦,实是对汉将更深的谴责。应该看到,这里并不是游离战争进程的泛写,而是处在被围困的险境中的士兵心情的写照。"铁衣远戍辛勤久"以下三联,一句征夫,一句征夫悬念中的思妇,错综相对,离别之苦,逐步加深。城南少妇,日夜悲愁,但是"边庭飘飖那可度?";蓟北征人,徒然回首,毕竟"绝域苍茫更何有!"相去万里,永无见期,"人生到此,天道宁论!"更那堪白天所见,只是"杀气三时作阵云";晚上所闻,唯有"寒声一夜传刁斗",如此危急的绝境,真是死在眉睫之间,不由人不想到把他们推到这绝境的究竟是谁呢? 这是深化主题不可缺少的一段。

最后四句总束全篇,淋漓悲壮,感慨无穷。"相看白刃血纷纷,死节从来岂顾勋",最后士兵们与敌人短兵相接,浴血奋战,那种视死如归的精神,岂是为了取得个人的功勋! 他们是何等质朴、善良,何等勇敢,然而又是何等可悲呵!

诗人的感情包含着悲悯和礼赞,而"岂顾勋"则是有力地讥刺了轻开边衅,冒进贪功的汉将。最末二句,诗人深为感慨道:"君不见沙场征战苦,至今犹忆李将军!"八九百年前威震北边的飞将军李广,处处爱护士卒,使士卒"咸乐为之死"。这与那些骄横的将军形成多么鲜明的对比。诗人提出李将军,意义尤为深广。从汉到唐,悠悠千载,边塞战争何计其数,驱士兵如鸡犬的将帅数不胜数,备历艰苦而埋尸异域的士兵,更何止千千万万! 可是,千百年来只有一个李广,怎不教人苦苦地追念他呢? 杜甫赞美高适、岑参的诗:"意惬关飞动,篇终接混茫。"此诗以李广终篇,意境更为雄浑而深远。

全诗气势畅达,笔力矫健,经过惨淡经营而至于浑化无迹。气氛悲壮淋漓,主题深刻含蓄。"山川萧条极边土,胡骑凭陵杂风雨","大漠穷秋塞草腓,孤城落日斗兵稀",诗人着意暗示和渲染悲剧的场面,以凄凉的惨状,揭露好大喜功的将军们的罪责。尤可注意的是,诗人在激烈的战争进程中,描写了士兵们复杂变化的内心活动,凄恻动人,深化了主题。全诗处处隐伏着鲜明的对比。从贯穿全篇的描写来看,士兵的效命死节与汉将的怙宠贪功,士兵辛苦久战、室家分离与汉将临战失职,纵情声色,都是鲜明的对比。而结尾提出李广,则又是古今对比。全篇"战士军前半死生,美人帐下犹歌舞","二句最为沈至",这种对比,矛头所指十分明显,因而大大加强了讽刺的力量。

《燕歌行》是唐人七言歌行中运用律句很典型的一篇。全诗用韵依次为入声"职"部、平声"删"部、上声"虞"部、平声"微"部、上声"有"部、平声"文"部,恰好是平仄相间,抑扬有节。除结尾两句外,押平韵的句子,对偶句自不待言,非对偶句也符合律句的平仄,如"摐金伐鼓下榆关,旌旆逶迤碣石间";押仄韵的句子,对偶的上下句平仄相对也是很严谨的,如"杀气三时作阵云,寒声一夜传刁斗。"这样的音调之美,正是"金戈铁马之声,有玉磬鸣球之节"。

【赏析二】

这首诗热烈地颂扬了士兵们的英勇爱国精神,同时严厉地抨击了将领们享乐腐败和视士兵生命为儿戏的轻敌冒进,使苦与乐、庄严与无耻形成了鲜明的对比。结句借古喻今,点出朝廷因用人不当所造成的恶果,比一般因靖边而思名将的含义更为深刻。全诗形象鲜明,气势奔放,四句一韵,流转自然。

【赏析三】

诗意在慨叹征战之苦,谴责将领骄傲轻敌,荒淫失职,造成战争失利,使战士受到极大痛苦和牺牲,反映了士兵与将领之间苦乐不同,庄严与荒淫迥异的现实。诗虽叙写边战,但重点不在民族矛盾,而是讽刺和愤恨不恤战士的将领。同时,也写出了为国御敌之辛勤。主题仍是雄健激越,慷慨悲壮。

全诗简练地描写了一次战争的全过程。开头八句写出师,说明战争的方位和性质:"鸣金伐鼓下榆关,旌旗逶迤碣石间"。第二段八句,写战斗危急和失败,战士们出生入死,将军们荒淫无耻:"战士军前半死生,美人帐下犹歌舞。"第三段十二句,写被围战士的痛苦:"铁衣远戍辛勤久",以及他们浴血奋战,视死如归:"死节从来岂顾勋","相看白刃血纷纷。"另一方面也写征夫思妇久别之苦,边塞的荒凉,渴望有好的将军来领导。诗的气势畅达,笔力矫健,气氛悲壮淋漓,主旨深刻含蓄。用韵平仄相间,抑扬有节,音调和美。是边塞诗的大名篇,千古传诵,有口皆碑。

【赏析四】

《燕歌行》乃乐府《相和歌辞·平调曲》旧题,歌辞多咏东北边地征戍之苦及思妇相思之情。始见于曹丕之作。此诗亦然,只是对传统题材有所开拓。诗以张守平定契丹可突干及其余党叛乱的几次战争为背景,热烈歌颂了守边将士排除万难、克敌制胜的爱国精神。诗的开头先交代战争的地点及性质,写出唐军出师时一往无前的形象,接着极力渲染边地的艰苦,为将士们的献身报国作了很好铺垫,然后转而抒发征人思妇相思之情。将士们也是血肉之躯,不能没有儿女、夫妇之情,然而大敌当前,只能忍受"少妇城南欲断肠,征人蓟北空回首"的感情熬煎。全诗的结尾运用"李广难封"的历史典故,把将士们的思想境界提升到一个更高的高度,他们拼死血战,含辛茹苦,甚至为国捐躯,并非为了个人的功名利禄。这就比众多为封万户侯而立功边塞的人思想高尚了许多。全诗四句一换韵,也差不多四句一转意,而且平仄韵交替,又大量运用律句与对仗,故虽充满金戈铁马之声却音节流利酣畅,从而成为唐代边塞诗之"第一大篇"。

词浅意深,铺排中即为讽刺,此道自《三百篇》来,至唐而微,至宋而绝。

"少妇""征人"一联,倒一语乃是征人想他如此,联上"应"字,神理不爽。结句亦苦平淡,然如一匹衣着,宁令稍薄,不容有颣。

达夫此篇,纵横出没如云中龙,不以古文四宾主法制之,意难见也。……《燕歌行》之主中主,在忆将军李牧善养士而能破敌。于达夫时,必有不恤士卒之边将,故作此诗。而主中宾,则"战士军前半死生,美人帐下犹歌舞""相看白刃血纷纷,死节从来岂顾勋"四语是也。其余皆是宾中主。自"汉家烟尘"至"未解围",言出师遇敌也。此下理当接以"边庭"云云,但径直无味,故横间以"少妇""征人"四语。"君不见"云云,乃出正意以结之也。文章出正面,若以此意行文,须叙李牧善养士能破敌之功烈,以激励此边将。诗以兴比出侧面,故止举"李将军",使人深求而得,故曰:"言之者无罪,而闻之者足以戒"也。

句中含双单字,此七古造句之要诀,盖如此则顿跌多姿,而不伤于虚弱,杜工部《陂行》多用此句法。转韵亦用对法。

沈德潜云:刺边将佚乐,不恤士卒。通首叙关塞之苦,只以"战士"二句、"君不见"二句点睛。运意绝高。

【赏析五】

高适的诗歌以沉雄悲壮的风格,在群星灿烂的盛唐诗坛独树一帜。他的《燕歌行》是盛唐边塞诗的代表作之一,人们把它誉为高适诗的"第一大篇"。对《燕歌行》的理解,学术界存在较大的分歧。本文拟对《燕歌行》的主旨谈谈笔者的看法。

对《燕歌行》主旨的理解,如果我们摆脱了特指的纠缠,摆脱了歌颂或者讽刺的纠缠,把立脚点放在全诗的基调上,放在全诗的艺术手法上,从唐代军中的关系,从高适一贯的思想上来把握作者所感的究竟是哪一方面的"征戍之事",也许更能接近高适创作《燕歌行》的原意。

作者"感征戍之事",虽然描写了边塞生活的各个方面,但主旨却只有一个:为战士所遭受的艰辛和不公平待遇叹息、不平,作者所感的是"征戍之苦",作者所述的是"戍卒之苦"。

一、作品的基调

高适的《燕歌行》像盛唐绝大多数边塞诗一样,洋溢着高昂的爱国热情,充满着慷慨奋发的时代精神,抒发了报国立功的志向,如"汉将辞家破残贼","男儿本自重横行","身当恩遇恒轻敌","死节从来岂顾勋",但这只是时代精神的投影,并不是作者的立意所在,《燕歌行》总体上留给我们的,也并不是这种豪迈、昂扬、乐观的盛唐印象。

作者用大量篇幅给我们展现的是一幅幅悲壮、苍凉、感伤的画面:山川萧条、大漠穷秋、边庭飘摇、绝域苍茫,呈现在读者面前的是一幅幅辽远、开阔、寒冷、荒凉的边塞图景;羽书飞驰、狼山火照、刁斗夜传、孤城落日,使人感受到的是紧张、激烈、凄凉的战斗气氛;半死生、斗兵稀、白刃染血、杀气三时,更是一幅幅血腥、残酷、恐怖的沙场征战画面。在这样的背景下,出现了铁衣久戍、思妇断肠、征人回首的感伤画面,由此我们不难理解作者的立意所在:"君不见沙场征战苦,至今犹忆李将军。"诗的最后两句,应该看成全诗画龙点睛之笔,看成全诗主旨所在:为战士所遭受的艰辛和不公平待遇呐喊、叹息、不平,作者一方面概述了"沙场征战苦",另一方面借对李广的赞扬和怀念,希望将帅体恤关怀艰苦征战的士卒。

如果我们参看高适在《送浑将军出塞》诗中关于李广的诗句:"李广从来先将士,卫青未肯学孙吴。"我们能更确切地感到作者在结尾发出的呼喊是在为战士请命、不平、叹息。

二、诗中所用的艺术手法

把同一时态下发生的事情,把相类或相反的情景,采用镜头转换、对比的手法,交替地呈现在读者面前,造成一种鲜明的对比,引起人们的联想、思考,是《燕歌行》最明显的写作特色。如"校尉羽书飞翰海,单于猎火照狼山"，写的是同一时态下发生的事情，一句写我方，一句写敌方，双方都在紧张地作着战斗准备，这样的交替映现，营造了一种剑拔弩张的气氛。再如"铁衣远戍辛勤久，玉箸应啼别离后。少妇城南欲断肠，征人蓟北空回首"，写的还是同一时态下发生的事情，作者通过征夫思妇彼此思念镜头的交替转换，增强了诗的抒情气氛。

对于"战士军前半死生，美人帐下犹歌舞"一联，王步高先生提出了令人耳目一新的看法，先生认为"诗词中'战士'只有在与'将军'对举时才专指士兵，而在其他情况下则指'军人'、'将士'。这一联中，'战士军前半死生'可解为'将士军前半死生'，'美人帐下犹歌舞'，也仅是反映将士们于苦中作乐，而非有讽刺之意，更不是反映张守珪'不恤士卒'，或是'军中苦乐不均'。"王先生的这一看法虽新奇却是值得商榷的。"战士军前半死生，美人帐下犹歌舞"，"军前"与"帐下"相对很明显，这里的"'帐下'指主帅营帐之中"，对举的正是战士与将帅的情况，写的也是同一时态下发生的事情，镜头从前方切换到后方，兵士们在沙场上拼命搏杀，而统帅却依然在饮酒享乐、听歌赏舞。这是对唐军官兵苦乐不均现象的概括，警策而沉痛地揭露了战士与将领之间危安苦乐的悬殊。正是通过这种对比和切换，人们对战士的同情油然而生。这种对比、镜头交替转换的写法，与全诗另外诗句的写法是一致和协调的，强调的是同一时态发生的不同情况。而按王先生的解释，对比是可以看出来的，镜头的交替转换在同一时态下却是难以实现的，只有在不同的时态下才能完成。这样一来，整首诗在艺术表现手法上也就出现了不一致、不协调。

三、唐代军中的关系

唐代军中一直存在上下苦乐不均的矛盾。将卒生活悬殊，是唐朝军队内部的主要问题，也是不争的事实，即使是唐玄宗诏书中亦不能回避，如《全唐文》卷二六《禁私役使兵士诏》云："帐中厌粱肉之娱，麾下罹勤瘁之色。"

边兵的生活状况,开元十二年诏书也承认多有"饥寒而衣食不充,疾病而医药不拯"的情形。开元十四年诏书还承认士兵征戍期满,"皆食不充腹,衣不蔽体。"在这样的背景下出现"战士军前半死生,美人帐下犹歌舞"的描写,正是唐代军中苦乐不均矛盾的真实反映。

《燕歌行》叙述了征人的久戍之情,表达了对士兵的同情,如果我们考察唐代军中的关系,这些诗句都能找到现实生活的依据。唐代边防士卒的戍期,名义上有规定,实际上被扣留不还。高宗时已有留镇五年的士卒,到开元初则更有"壮年应募,华首未归"的情况。

开元二十六年玄宗还下诏云:"朕每念黎氓弊于征戍,所以别遣招募,以实边军。赐其厚赏,使令长住。今诸军所召,人数尚足,在于中夏,自能罢兵。自今已后,诸军兵键并宜停遣,其见镇兵,并一切放还。"边兵戍期既久,生活又苦,其家庭又缺乏照应,因而他们的怀土之思是强烈而持久的,作者通过征夫思妇彼此思念镜头的交替转换,反映了士兵内心的痛苦,为戍卒一洒同情之泪。从唐代军中关系考察,大致可以得出结论,《燕歌行》反映的"戍卒之苦"有着广泛的现实依据,由此不难看出作者的倾向性。

四、高适一贯的思想

高适出身贫寒,来自下层,他"年过四十尚躬耕",又志在经济,因而洞悉社会人生,反映社会现实、同情民生疾苦是高适诗歌的重要内容。

开元二十年至二十二年,高适深入东北前线,亲见士兵英勇奋战,对抗强敌,却过着艰苦的生活,在《塞上》《蓟门行》等五首诗中,对士兵的悲惨遭遇流露了深深的同情:"蓟门逢古老,独立思氛氲。一身既零丁,头鬓白纷纷。""戍卒厌糟糠,降胡饱衣食,关亭试一望,吾欲涕沾臆。""羌胡无尽日,征战几时归!"

潼关失守后,他奔赴面见玄宗陈述军事,仍以监军不恤士卒为言:"仆射哥舒翰忠义感激,臣颇知之,然疾病沉顿,智力将竭。监军李大宜与将士约为香火,使娟妇弹箜篌琵琶以相娱乐,樗蒲饮酒,不恤军务。蕃浑及秦、陇武士,盛夏五六月于赤日中,食仓米饭且犹不足,欲其勇战,安可得乎?"

高适一贯的想法,是希望边将体恤兵士。《燕歌行》的重点既非歌颂某一将领,也非讽刺某一将领,作者把全部同情倾注到士兵的遭遇、经历、心情上,作品的重心也放在士兵身上,作者成功塑造了唐军士兵的形象。有正面颂扬:"男儿本自重横行";有反面衬托:"胡骑凭凌杂风雨";有对比衬托:"战士军前半死生,美人帐下犹歌舞";有景物陪衬:"大漠穷秋塞草腓,孤城落日斗兵稀";更有心理刻画,作者把笔触深入到兵士们的内心深处,表现了他们的心理矛盾,既有离家万里、报国卫边的崇高精神,又有思念家园、怀念亲人的丰富感情;既有冲锋陷阵、不畏生死的豪情和勇气,又希望得到关怀、体恤和同情。

在这样的基础上,作者最后以"君不见沙场征战苦?至今犹忆李将军"点题,既是自己一贯思想的表露,也是顺理成章的事情。

对于《燕歌行》的主旨,学术界见仁见智,有不同的看法,有助于加深我们的理解。笔者认为,对于艺术作品的理解,从作品的基调,从写作背景,从作者的一贯的思想上去把握比拘泥于具体的人和事,也许更客观、更有价值一些。

【赏析六】

高适于开元十五年(727年)、二十年两次北上幽燕,对边塞实况、军中内幕多有了解,创作了《塞上》《蓟门五首》等诗。据此篇小序:开元二十六年,有从张公出塞而还者作《燕歌行》给他看,他"感征戍之事"而作此诗。张公指张守珪;他于开元二十四年、二十六年率部讨奚、契丹,两次战败。高适从那位随张守珪出塞而还者的作品和口中得悉两次战败情况,结合他以前的生活经验进行艺术概括,创作了这篇盛唐边塞诗名篇。

全诗生动地反映了一次战役的全过程。首句点战地,"烟尘在东北",指奚、契丹侵扰。二三四句，写"汉将"声威；而"破残贼""重横行"，屡露轻敌之意，天子又"非常赐颜色"，助其骄气。五六句写行军场面，用浩大声势烘托主将骄气。七句写羽书飞传，军情紧急，八句写敌军猎火照红狼山，见得并非"残贼"。以上八句是第一段，从主客观的对比中，已预示骄兵必败；而从辞家到榆关、到碣石、到瀚海、到狼山，长途跋涉，猝遇强敌，其战争胜负如何，更不难预料。

"山川""胡骑"两句，写地形开阔，无险可守，而敌军铁骑，如狂风暴雨袭来。接着以"战士军前半死生"概括士卒拼杀之英勇、牺牲之壮烈，而以"美人帐下犹歌舞"作强烈对照，揭露轻敌恃宠的"汉将"并未亲冒矢石指挥战斗，而是躲在远离前线的帐中听歌看舞，寻欢作乐。下面四句，以"大漠穷秋""塞草"枯萎、"孤城落日"的阴惨氛围烘托"斗兵稀"的惨烈景象，又以主将"身当思遇常轻敌"与战士"力尽关山未解围"作强烈对照，其战败的罪责应由谁负，已不言而喻。

以下八句是第三段，通过描写幸存士卒的处境和心境，进一步谴责主将。"铁衣远戍辛勤久"，一个"久"字，一个"远"字，已流露无限思家之情。接下去，不直写征人如何思家，却透过一层，写征人料想妻子从别离以后一直思念自己、双泪不干，其同情、怜爱妻子之情溢于言表，加倍感人。然而主将却没有这种伟大的同情心，因而"少妇"尽管"欲断肠"，"征人"依然"空回首"。而"边庭飘飘"，"绝域苍茫"，杀气作阵云，寒声传刁斗，其处境之艰危与心境之悲凉融合为一，将士卒之苦写到极致，也将主将之罪写到极致，为结尾作好了铺垫。

末段四句，前两句歌颂战士血染白刃，战死沙场，并未想到个人功勋。言外之意是：主将却是要拿士卒的鲜血、生命换取个人功勋的。后两句用"沙场征战苦"引出"至今犹忆李将军"作结，全篇的思想意义，顿时豁然开朗。怀念李广，说明今无李广。轻敌冒进，丧师辱国，以及征人、少妇，备受痛苦等等，皆将非其人所致。

全诗的主题是慨叹将非其人,因而不像一般的边塞诗那样著重写民族矛盾,而是另辟蹊径,著重写军中矛盾。与此相适应,大量运用对比手法,加强了艺术表现力。最后以怀念李广作结,也是用爱惜士卒、英勇善战的名将作标尺,对比诗中所写的将领,给予无情的鞭打。

全诗多用律句,又有不少对偶句,吸收了近体诗的优点。每四句换韵,平仄相间,蝉联而下,抑扬起伏,气势流走,又发挥了初唐歌行的特长。从反映现实的深度、广度和艺术表现的完美方面看,既是盛唐边塞诗杰作,也是盛唐歌行体名篇。

【赏析七】

这是首边塞诗,七古中的歌行体,诗人借潢水之败抒发感慨,既描写了紧迫的战场征杀,又抒写了征人与思妇两地相思之情;既歌颂了卒国安边、奋勇杀敌兵士卒的忠勇,又针砭了荒淫无度,无视兵士死活和国家安危的将领的腐败昏庸。

本诗意脉明朗,一目了然,前四句,写汉将受命东北平叛,是总写当时与奚,契丹的交战形势;次四句,写唐军与敌人相遇,两军对垒,军情紧急,隐指赵谌等与奚族残部的交战;再八句,写敌军势盛,战情危殆而将领荒淫昏庸,因此,士卒虽忠勇,战事却旷日持久;接下来八句,拟想因久战,征人与思妇两地相思之苦;最后四句,诗人发感慨,归结出边政成败在于将领得人的主旨。

这首边塞诗将描写战场激战的遒健笔力与描写思归怨妇的柔婉笔调和协地并列一起,刚柔相济,同时层层对比深入,凸现主旨,全诗以赋写为主,骈散交替,虚实相生,体现了盛唐边塞诗的气质特色。

【赏析八】

高适曾三次奉命出塞,所作边塞诗约二十余首,最著名的是这首《燕歌行》。自开元十八年(730 年)至二十二年十二月,契丹多次侵犯唐边境,唐幽州节度使赵含章是个贪婪无能之辈，不能抵御。二十年春，信安王李伟率军胜契丹，二十一年春唐五将兵败，六千余唐军战死。同年十二月，张守珪为幽州节度使，胜契丹，次年受封赏。开元二十六部下兵败，张隐瞒败绩。高适作此诗所写即这场历时多年的战争。

诗的思想内容很丰富、复杂、深刻：一、歌颂爱国将士英勇抗敌，艰苦征战；二、谴责边防失策、将帅无能，致使战争旷日持久；写军中苦乐不均，令战士心寒，讽刺将帅骄奢，不恤士卒；三、同情将士们在艰苦的战争中的思乡之情。诗中有对比，有批评，有怨愤，有讽刺，有歌颂，有同情。涉及受战争牵连的各方面人物：天子、将军、士兵、思妇、敌人。表达了诗人对这场战争的复杂情感和深刻思考，足以代表盛唐士人对战争的普遍态度，因而被誉为盛唐边塞诗的压卷之作。《唐诗评选》："词浅意深，铺排中即为讽刺。"此道自"三百篇"来，"至唐而微，至宋而绝。"《唐诗诀》："此是歌行本色。"

人日寄杜二拾遗

人日题诗寄草堂，遥怜故人思故乡。

柳条弄色不忍见，梅花满枝空断肠。

身在南蕃无所预，心怀百忧复千虑。

今年人日空相忆，明年人日知何处。

一卧东山三十春，岂知书剑老风尘。

龙钟还忝二千石，愧尔东西南北人。

【赏析】

这是高适晚年诗作中最动人的一篇。杜甫接到这首诗时，竟至"泪洒行间，读终篇末"。

这首怀友思乡的诗之所以感人，主要是它饱含着特定的历史内容，把个人遭际与国家命运紧密连结起来了。高适和杜甫早在开元末年就成了意气相投的朋友，又同样落魄不遇。安史乱起，高适在玄宗、肃宗面前参预重要谋略，被赏识，境遇比杜甫好得多，曾任淮南节度使，平定永王璘的叛乱。由于"负气敢言"，遭到内臣李辅国等的谗毁，被解除兵权，留守东京。乾元二年(759年)，出为彭州刺史。同年年底，杜甫流离转徙，到达成都，高适立即从彭州寄诗问讯，馈赠粮食。上元元年(760年)，高适改任蜀州刺史，杜甫从成都赶去看望。这时，高适年将六十，杜甫也将五十，他乡遇故知，短暂的聚会，更加深了别后的相思。到了上元二年人日这天，高适作了这首诗，寄到成都草堂。

全诗每四句一段，共分三段。每段换韵，开头是平声阳韵，中间是仄声御韵,末段是平声真韵。

"人日题诗寄草堂",起句便单刀直入点题。"遥怜故人思故乡","遥怜"的"怜",正是表示二人感情的字眼,通篇都围绕这"怜"字生发展开。"思故乡",既是从自己说,也是从杜甫说,满目疮痍的中原,同是他们的故乡。紧接着"柳条弄色不忍见,梅花满枝空断肠",便是这思乡情绪的具体形容。春天到时,柳叶萌芽,梅花盛开,应该是令人愉悦的,但在漂泊异地的游子心中,总是容易撩动乡愁,而使人"不忍见",一见就"断肠",感情不能自已了。

中间四句是诗意的拓展和深化,有不平,有忧郁,又有如大海行舟、随波飘转、不能自主的渺茫与怅惘,感情是复杂的。换用仄声韵,正与内容十分协调。

"身在南蕃无所预,心怀百忧复千虑。""预"是参预朝政之意。当时国家多难,干戈未息,以高适的文才武略,本应参预朝廷大政,建树功业,可是偏偏远离京国,身在南蕃。尽管如此,诗人的爱国热忱却未衰减,面对动荡不已安时局,自然是"心怀百忧复千虑"了。当时,不仅安史叛军在中原还很猖獗,就蜀中局势而言,也并不平静,此诗写后的两三个月,便发生了梓州刺史段子璋的叛乱。这"百忧千虑",也正是时局艰难的反映。杜甫《追酬高蜀州人日见寄》:"叹我凄凄求友篇,感君郁郁匡时略",是很深刻地领会到高适这种复杂情思的。

"今年人日空相忆,明年人日知何处",这意思正承百忧千虑而来,身当乱世,作客他乡,今年此时,已是相思不见,明年又在何处,哪能预料呢? 此忧之深,虑之远,更说明国步艰难,有志莫申。深沉的感喟中,隐藏了内心多少的哀痛!

展望未来,深感渺茫,回顾往昔,又何尝事皆前定呢? 这就自然地抖出了末段。"一卧东山三十春,岂知书剑老风尘。"诗人早年曾隐身"渔樵",生活虽困顿,却也闲散自适,哪会知道今天竟辜负了随身的书剑,老于宦途风尘之中呢？"龙钟还忝二千石，愧尔东西南北人！"这是说自己老迈疲癃之身，辱居刺史之位，国家多事而无所作为，内心有愧于到处漂泊流离的友人。这"愧"的内涵是丰富的，它蕴含着自己匡时无计的孤愤，和对友人处境深挚的关切。这种"愧"，更见得两人交谊之厚，相知之深。

　　这首诗，没有华丽夺目的词藻，也没有刻意雕琢的警句，有的只是浑朴自然的语言，发自肺腑的真情流贯全篇。那抑扬变换的音调，很好地传达了起伏跌宕的感情。像这种"直举胸情，匪傍书史"的佳作，可算是汉魏风骨的嗣响。

封丘作

我本渔樵孟诸野,一生自是悠悠者。

乍可狂歌草泽中,宁堪作吏风尘下。

只言小邑无所为,公门百事皆有期。

拜迎官长心欲碎,鞭挞黎庶令人悲。

归来向家问妻子,举家尽笑今如此。

生事应须南亩田,世情尽付东流水。

梦想旧山安在哉,为衔君命且迟回。

乃知梅福徒为尔,转忆陶潜归去来。

【赏析】

高适早年闲散困顿,直到天宝八载(749 年),将近五十岁时,才因宋州刺史张九皋的推荐,中"有道科"。中第后,却只得了个封丘县尉的小官,大失所望。这首诗就作于封丘任上,这是诗人发自肺腑的自白,揭示了他理想与现实的矛盾和出仕之后又强烈希望归隐的衷曲。

开头四句高亢激越,这是压抑已久的感情的迸发。县尉只不过是"从九品"的卑微之职,主管的无非是捕盗贼、察奸宄一类差使。对一个抱负不凡的才志之士来说,怎甘堕落风尘,做个卑微的小吏呢!他不由怀念起当年在孟诸"混迹渔樵"、自由自在的生活。"乍可""宁堪"相对,突出表现了诗人醒悟追悔和愤激不平的心情。不需要繁琐的描绘,一个忧愤满怀的诗人形像便突兀地站立在读者面前了。

"只言"以下四句,紧接"宁堪作吏风尘下",加以申诉发挥,感情转向深沉,音调亦随之低平。诗人素怀鸿鹄之志:"举头望君门,屈指取公卿。"到封丘作县尉,乃是不得已而俯身降志。当初只以为邑小官闲,哪知道一进公门,便是自投罗网,种种令人厌烦的公事,都有规定的章程和期限,约束人不得自由。更受不了的还有"拜迎长官""鞭挞黎庶"时的难堪,这对高适是莫大的屈辱,安得不"心欲碎""令人悲"呢?这两句诗可见诗人洁身自爱的操守,也反映了当时政治的腐朽黑暗,对仗工整,情感激烈。

一腔悲愤实在难以自抑,那就回家向亲人诉说诉说吧。不料妻室儿女竟都不当一回事,反而责怪自己有什么值得大惊小怪的。自己严肃认真的态度倒反成了笑料,这岂不是更可悲吗?家人的"笑",正反衬出诗人的迂阔真率,不谙世事。既然如此,只好弃此微官,遂我初服:"生事应须南亩田,世情尽付东流水",还是抛弃世情,归隐躬耕去吧!

然而,眼前还是思归而不得归:梦魂萦绕的旧山不可得见;受命为官,一时又还交卸不了。没有圣明的君主在位,一个小小的县尉又能有什么作为呢?汉代的南昌尉梅福,竭诚效忠,屡次上书,结果还是徒劳,左思右念,倒又想起欣然而赋《归去来》的陶潜了。

殷璠在《河岳英灵集》里评高适的诗:"多胸臆语,兼有气骨"。也就是诗的情意真挚,并且气势充沛,造语挺拔。此诗很能体现这个特点。全诗运用质朴自然、毫无矫饰的语言,扣紧出仕后理想与现实的矛盾,称心而言,一气贯注,肝胆照人,正是这诗感动读者的力量所在。全诗四段,不堪作吏是全篇的主意。开头四句,从高处落笔,自叙本来面目,说明不堪作吏的缘由,愤慨之情溢亦言表。第二段从客观现实申诉不堪作吏的实情,与第一段形成强烈的对照,感情转为沉痛压抑。第三段拓展第二段的内容,表明摆脱这种不堪,提出弃官归隐的愿望。第四段就第三段的意思急转急收,因一时不能摆脱作吏的客观碍难,也就更加向往归隐,与第一段遥遥照应。结构严整而又有波澜起伏,感情奔泻而又有跌宕之姿。

在句法上,全篇每段四句的一二句为散行,三四句是对偶。如此交互为用,经纬成文,既流动,又凝重;四段连结,造成反复回环的旋律。对偶的一联中,不仅字面对仗工整,而且都是一句一意或一句一事,没有意思重复的合掌,显得整饬精炼;更因虚词的承接照应,诗意联贯而下,语势生动自然,成为很好的流水对,读来便觉气势流转,绝无板滞之病。全诗每段一韵,依次为:仄声马韵、平声支韵、仄声纸韵、平声灰韵。这样平仄相间,抑扬鲜明,随着诗的感情变化,音韵也起落有势,增加了声调的美感。

别韦参军

二十解书剑，西游长安城。

举头望君门，屈指取公卿。

国风冲融迈三五，朝廷欢乐弥寰宇。

白璧皆言赐近臣，布衣不得干明主。

归来洛阳无负郭，东过梁宋非吾土。

兔苑为农岁不登，雁池垂钓心长苦。

世人遇我同众人，惟君于我最相亲。

且喜百年见交态，未尝一日辞家贫。

弹棋击筑白日晚，纵酒高歌杨柳春。

欢娱未尽分散去，使我惆怅惊心神。

丈夫不作儿女别，临歧涕泪沾衣巾。

【赏析】

高适二十岁入京，是唐玄宗开元十一年(713 年)，正是开元盛世，这一时期的特点是：表面上社会安定，经济繁荣，实际上皇帝已开始倦于政事，统治集团日见腐化，诗人凭"书剑"本领入仕已不可能，不得不离京自谋出路，客游梁宋。开元二十三年，宋州刺史张九皋荐举诗人就试于"有道科"，这诗便是诗人离梁宋而就试于京师时写的。韦参军是宋州刺史下属官员，与诗人交往很深。

诗的前八句，写诗人闯荡京师、客游梁宋、落拓失意的真实经历。那时他年纪轻轻，自负文才武略，以为取得卿相是指日可待的事。三言两语，写出了诗人聪明、天真、自负的性格特征。但现实遭遇又是怎样呢？他理想中的君主,沉醉在"太平盛世"的安乐窝里。"国风冲融迈三五,朝廷礼乐弥寰宇",说国家风教鼎盛,超过了三皇五帝,朝廷礼乐遍及四海之内。这两句,貌似颂扬,实含讽意;下两句"白璧皆言赐近臣,布衣不得干明主",就是似褒实贬的注脚。干谒"明主"不成,只好离开京师。但到什么地方去呢?回家吧,"归来洛阳无负郭",家中根本没有多少产业。故诗人不得不带全家到河南商丘一带谋生,"兔苑为农岁不登,雁池垂钓心长苦"。汉代梁孝王曾在商丘一带筑兔苑,开雁池,作为歌舞游冶之所,诗中借古迹代地名,是说自己在这里种田捕鱼,生计艰难。不说"捕鱼"而说"垂钓",暗用姜太公"渭水垂钓"故事,说明自己苦闷地等待着朝廷的任用。

后十句是写与韦参军的离别,生动地描写了他们之间的深挚友谊和难舍之情。"世人遇我同众人,惟君于我最相亲",这两句,看似寻常,其中暗含了作者的辛酸遭遇和对韦参军的感激之情。"且喜百年见交态,未尝一日辞家贫",说他们的友谊经过长期考验,韦参军经常接济自己,从未以"家贫"为辞借口推却过。"弹棋击筑白日晚,纵酒高歌杨柳春。""白日晚"见其日夕相处;"杨柳春"见其既游且歌。这样的友情,怎么能舍得分开呢?"欢娱未尽分散去,使我惆怅惊心神。""惊心神"三字,写出了与朋友相别时的痛楚之状。但为事业、前程计,又不得不别,因而劝慰朋友:"丈夫不作儿女别,临岐涕泪沾衣巾。"

这首诗写得肝胆刻露,字字情真。一般写诗要求语忌直出,脉忌外露。但这绝不是否定率直的抒情。"忌直"是为了"深化"感情,率直是为了将实情写得更"真",二者似迥异而实相通。高适此作直吐深情,写苦不见颓靡之态,惜别仍发豪放之情,快人快语,肝胆相照,表现出主人公鲜明的个性特征,因而能以情动人,具有很大的感染力。此诗基本上采取了长篇独白的方式,"多胸臆语,兼有气骨"。诗中又多用偶句和对比,讲究音韵,读来音情顿挫,雄浑奔放,具有伏美婉转的韵致。

赋得还山吟送沈四山人

还山吟，

天高日暮寒山深，

送君还山识君心。

人生老大须恣意，

看君解作一生事，

山间偃仰无不至。

石泉淙淙若风雨，

桂花松子常满地。

卖药囊中应有钱，

还山服药又长年。

白云劝尽杯中物，

明月相随何处眠？

眠时忆问醒时事，

梦魂可以相周旋。

【赏析】

　　当时名士沈千运，吴兴人，排行第四，时称"沈四山人""沈四逸人"。天宝年间，屡试不中，曾干谒名公，历尽沉浮，饱尝炎凉，看破人生和仕途，约五十岁左右隐居濮上，躬耕田园。他明白说道："栖隐非别事，所愿离风尘。……何者为形骸？谁是智与仁？寂寞了闲事，而后知天真。"在"终南捷径"通达的唐代，他倒是一位知世独行的真隐士。

约于天宝六载(747年)秋,高适游历淇水时,曾到濮上访问沈千运,结为知交,有《赠沈四逸人》叙其事。这首送沈还山的赠别诗,以知交的情谊,豪宕的胸襟,洒脱的风度,真实描绘沈千运自食其力、清贫孤苦的深山隐居生活,亲切赞美他的清高情怀和隐逸志趣。诗意致高华,声韵悠扬,更增添了它的艺术美感。

诗以时令即景起兴,蕴含深沉复杂的感慨。秋日黄昏,天高地远,沈千运返还气候已寒的深山,走向清苦的隐逸的归宿。知友分别,不免情伤,而诗人却坦诚地表示对沈的志趣充分理解和尊重。所以接着用含蓄巧妙、多种多样的手法予以比较描述。

在封建时代,仕途通达者往往也到老大致仕退隐,那是一种富贵荣禄后称心自在的享乐生活。沈千运仕途穷塞而老大归隐,则别是一番意趣了。诗人赞赏他是懂得了人生一世的情事,能够把俗士视为畏途的深山隐居生活,怡适自如,习以为常。汉代淮南小山《招隐士》曾把深山隐居描写得相当可怕:"桂树丛生兮山之幽,偃蹇连蜷兮枝相缭。山气石嵯峨,溪谷崭岩兮水层波。猿狄群啸兮虎豹嗥,攀缘桂枝兮聊淹留。"以为那是不可久留的。而沈千运在这样的环境里生活游息,无所不到,显得十分自在。山石流泉淙淙作响,恰同风吹雨降一般,是大自然悦耳的清音;桂花缤纷,松子满地,是山里寻常景象,显出大自然令人心醉的生气。这正是世俗之士不能理解的情趣和境界,而为"遁世无闷"的隐士所乐于久留的归宿。

深山隐居,确实清贫而孤独。然而诗人风趣地一转,将沈比美于汉代真隐士韩康,调侃地说,在山里采药,既可卖钱,不愁穷困,又能服食滋补,延年益寿。言外之意,深山隐逸却也自有得益。而且在远避尘嚣的深山,又可自怀怡悦,以白云为友,相邀共饮;有明月作伴,到处可眠。可谓尽得隐逸风流之致,何有孤独之感呢?

最后,诗人出奇地用身、魂在梦中夜谈的想像,形容沈的隐逸已臻化境。这里用了一个典故。《世说新语·品藻》载,东晋名士殷浩和桓温齐名,而桓温"常有竞心",曾要与殷浩比较彼此的高下,殷浩说:"我与我周旋久,宁作我。"表示毫无竞心,因而传为美谈。显然,较之名士的"我与我周旋",沈独居深山,隔绝人事,于世无名,才是真正的毫无竞心。他只在睡梦中跟自己的灵魂反复交谈自己觉醒时的行为。诗人用这样浪漫的想像,暗寓比托,以结束全诗,正是含蓄地表明,沈的隐逸是志行一致的,远非那些言行不一的名士可比。

综上可见,由于诗旨在赞美沈的清贫高尚、可敬可贵的隐逸道路,因此对送别事只一笔带过,主要着力于描写沈的志趣、环境、生计、日常生活情景,同时在描写中寓以古今世俗、真假隐士的种种比较,从而完整、突出地表现出沈的真隐士的形象。诗的情调浪漫洒脱,富有生活气息。加之采用与内容相适宜的七言古体形式,不受拘束,表达自如,转韵自由,语言明快流畅,声调悠扬和谐。它取事用比,多以暗喻溶化于描写隐居生活的美妙情景之中,天衣无缝,使比兴形象鲜明,而又意蕴丰腴,神韵维妙,呈现着一种饱满协调的艺术美感。大概由于这样的艺术特点,因而这诗尤为神韵派所推崇。

渔父歌

曲岸深潭一山叟,驻眼看钩不移手。

世人欲得知姓名,良久问他不开口。

笋皮笠子荷叶衣,心无所营守钓矶。

料得孤舟无定止,日暮持竿何处归。

【赏析】

短短四句,把老钓翁专心垂钓的神态刻画出传神的境界。

你看这位老钓翁,选择了山边深潭的湾子作钓点,这种湾子一般是鱼儿爱栖息的地方,足见他垂钓选点有非常丰富的经验。两眼盯着浮标,手把竿,全神贯注,别人问他话问了很久都不开口,可见他此时真是"天地之大,吾心目中,惟浮标尔"。

从高适的这段描写来看,这位诗人是深知钓鱼之道的,否则绝不会写得这样深刻。

营州歌

营州少年厌原野,狐裘蒙茸猎城下。

虏酒千钟不醉人,胡儿十岁能骑马。

【赏析】

唐代东北边塞营州,原野丛林,水草丰盛,各族杂居,牧猎为生,习尚崇武,风俗犷放。高适这首绝句有似风情速写,富有边塞生活情趣。

从中原的文化观念看,穿着毛茸茸的狐皮袍子在城镇附近的原野上打猎,似乎简直是粗野的儿戏,而在营州,这些却是日常生活,反映了地方风尚。生活在这里的汉、胡各族少年,自幼熏陶于牧猎骑射之风,养就了好酒豪饮的习惯,练成了驭马驰骋的本领。即使是边塞城镇的少年,也浸沉于这样的习尚,培育了这样的性情,不禁要在城镇附近就犷放地打起猎来。诗人正是抓住了这似属儿戏的城下打猎活动的特殊现象,看到了边塞少年神往原野的天真可爱的心灵,粗犷豪放的性情,勇敢崇武的精神,感到新鲜,令人兴奋,十分欣赏。诗中少年形象生动鲜明。“狐裘蒙茸”,见其可爱之态;“千钟不醉”,见其豪放之性;“十岁骑马”,见其勇悍之状。这一切又都展示了典型的边塞生活。

构思上即兴寄情,直抒胸臆;表现上白描直抒,笔墨粗放,是这首绝句的艺术特点。诗人仿佛一下子就被那城下少年打猎活动吸引住,好像出口成章地赞扬他们生龙活虎的行为和性格,一气呵成,不假思索。它的细节描写如实而有夸张,少年性格典型而有特点。诗人善于抓住生活现象的本质和特征,并能准确而简练地表现出来,洋溢着生活气息和浓郁的边塞情调。在唐人边塞诗中,这样热情赞美各族人民生活习尚的作品,实在不多,因而这首绝句显得可贵。

别董大二首(其一)

千里黄云白日曛,北风吹雁雪纷纷。

莫愁前路无知己,天下何人不识君。

【赏析一】

这是一首送别诗,送别的对象是著名的琴师董廷兰。盛唐时盛行胡乐,能欣赏七弦琴这类古乐的人不多。崔珏有诗道:"七条弦上五音寒,此艺知音自古难。唯有河南房次律(盛唐宰相房官),始终怜得董廷兰。"这时高适也很不得志,到处浪游,常处于贫贱的境遇之中。但在这首送别诗中,高适却以开朗的胸襟,豪迈的语调把临别赠言说得激昂慷慨,鼓舞人心。

前两句"千里黄云白日曛,北风吹雁雪纷纷",用白描手法写眼前之景:北风呼啸,黄沙千里,遮天蔽日,到处都是灰蒙蒙的一片,以致云也似乎变成了黄色,本来璀璨耀眼的阳光现在也淡然失色,如同落日的余晖一般。大雪纷纷扬扬地飘落,群雁排着整齐的队形向南飞去。诗人在这荒寒壮阔的环境中,送别这位身怀绝技却又无人赏识的音乐家。

后两句"莫愁前路无知己,天下谁人不识君",是对朋友的劝慰:此去你不要担心遇不到知己,天下哪个不知道你董廷兰啊!话说得多么响亮,多么有力,于慰藉中充满着信心和力量,激励朋友抖擞精神去奋斗、去拼搏。

【赏析二】

在唐人赠别诗篇中,那些凄清缠绵、低回流连的作品,固然感人至深,但另外一种慷慨悲歌、出自肺腑的诗作,却又以它的真诚情谊,坚强信念,为灞桥柳色与渭城风雨涂上了另一种豪放健美的色彩。高适的《别董大》便是后一种风格的佳篇。

关于董大,各家注解,都认为可能是唐玄宗时代著名的琴客,是一位"高才脱略名与利"的音乐圣手。高适在写此诗时,应在不得意的浪游时期。他的《别董大》之二说:"六翮飘摇私自怜,一离京洛十余年。丈夫贫贱应未足,今日相逢无酒钱。"可见他当时也还处于"无酒钱"的"贫贱"境遇之中。这首早期不得意时的赠别之作,不免"借他人酒杯,浇自己块垒"。但诗人于慰藉中寄希望,因而给人一种满怀信心和力量的感觉。

前两句,直写目前景物,纯用白描。以其内心之真,写别离心绪,故能深挚;以胸襟之阔,叙眼前景色,故能悲壮。曛,即曛黄,指夕阳西沉时的昏黄景色。

落日黄云,大野苍茫,惟北方冬日有此景象。此情此景,若稍加雕琢,即不免研伤气势。高适于此自是作手。日暮黄昏,且又大雪纷飞,于北风狂吹中,惟见遥空断雁,出没寒云,使人难禁日暮天寒、游子何至之感。以才人而沦落至此,几使人无泪可下,亦惟如此,故知己不能为之甘心。头两句以叙景而见内心之郁积,虽不涉人事,已使人如置身风雪之中,似闻山巅水涯有壮士长啸。此处如不用尽气力,则不能见下文转折之妙,也不能见下文言辞之婉转,用心之良苦,友情之深挚,别意之凄酸。后两句于慰藉之中充满信心和力量。因为是知音,说话才朴质而豪爽。又因其沦落,才以希望为慰藉。

这首诗之所以卓绝,是因为高适"多胸臆语,兼有气骨""以气质自高",因而能为志士增色,为游子拭泪!如果不是诗人内心的郁积喷薄而出,如何能把临别赠语说得如此体贴入微,如此坚定不移?又如何能使此朴素无华之语言,铸造出这等冰清玉洁、醇厚动人的诗情!

【赏析三】

这是高适在漫游时期写的一首送别诗。前两句写严酷的冬景。黄云千里,大雪纷飞,雁声凄楚,北风呼啸的景象,烘托出董大所处环境之恶劣,也写出日暮天寒,游子何之的惆怅。后两句以劝慰的语气,勉励他不要因为环境艰苦,旅途寂寞而悲愁,而要看到四海之内有知音。表明了作者与董大友情之真挚,也反映出诗人质朴、豪爽、开朗、达观的情怀。这首诗采用白描手法,以景烘情,语言朴素,感情真切,风格健美,余意无穷。

【赏析四】

这是一首别具一格地送别诗,诗人在即将分手之际,全然不写千丝万缕的离愁别绪,而是满怀激情地鼓励友人踏上征途,迎接未来。前两句写漫无边际地层层阴云,已经笼罩住整个天空,连太阳也显得暗淡昏黄,失去了光芒,只有一队队雁阵,在北风劲吹、大雪纷飞的秋冬之际匆匆南迁。如此荒凉的时候各奔一方,自然容易伤感,但此诗的情调却明朗健康。后两句劝董大不必担心今后再遇不到知己,天下之人谁会不赏识像你这样优秀的人物呢?这两句,既表达了彼此之间深厚情谊,也是对友人的品格和才能的高度赞美,是对他的未来前程的衷心祝愿。送别诗能够写得如此豪迈向上,实在难得。

【赏析五】

这是高适早期的一首送别诗。原作二首,本篇为第一首。诗一开始就描绘了北风呼啸,大雪纷飞的严冬景色,点出了送别时的氛围,也暗示出董大所处环境的恶劣。接着勉励他不要忧虑前路迷茫孤寂,要看到天下知友很多。这既反映了诗人和董大的深厚情谊,也表现了诗人开朗、达观的情怀。

听张立本女吟

危冠广袖楚宫妆,独步闲庭逐夜凉。

自把玉钗敲砌竹,清歌一曲月如霜。

【赏析】

此诗一说为张立本女作,而且伴有一个荒诞的故事。传说唐代有个草场官张立本,其女忽为后园高姓古坟中的狐妖所魅,自称高侍郎,遂吟成此诗。这种附会虽然颇煞风景,却也令人想到:或许正是因为这诗情韵天然,似有神助,才使当时的好事者编出这样的无稽之谈吧?

诗的内容似无深义,却创造了一种清雅空灵的意境。暗蓝色的天幕上一轮秋月高悬,凉爽的闲庭中幽篁依阶低吟。清泠的吟诗声和着玉钗敲竹的节拍飘荡在寂静的夜空,冰冷如霜的月光勾勒出一个峨冠广袖的少女徘徊的身影。意境是情与景的融合。在这首诗里,景色全由人物情态写出,而人物意趣又借极简练的几笔景物点缀得到深化。由情见景,情景相生,是形成此诗佳境的显著特点。"危冠广袖楚宫妆"是一种高冠宽袖窄腰的南方贵族女装,这身典雅的装束令人清楚地想见少女亭亭玉立的风姿;从"独步"可见庭院的空寂幽静和她清高脱俗的雅趣,而"闲庭"又反衬出少女漫步吟哦的悠然神情。"逐夜凉"则藉其纳凉的闲逸烘染了秋爽宜人的夜色。夜静启开了少女的慧心,秋凉催发了少女的诗思。她情不自禁地从发髻上拔下玉钗,敲着阶沿下的修竹,打着拍子,朗声吟唱起来。以钗击节大约是唐宋人歌吟的习惯,晏几道《浣溪沙》词有"欲歌先倚黛眉长,曲终敲损燕钗梁"句,写的是一位歌女在"遏云声里送离觞"的情景,也颇妩媚,但稍嫌激烈,高适此诗中的少女,孤芳自赏,不求知音,信手击竹,对月自吟,那种心声和天籁的自然合拍似更觉曼妙动听。

诗题为"听张立本女吟",故"清歌一曲"实是吟诗一首。古诗本来能吟能唱,此处直题"清歌"二字,可见少女的长吟听来必如清朗的歌声般圆转悦耳。前三句不写月色,直到一曲吟罢,方点出"月如霜"三字,不但为开扩诗的意境添上了最精彩的一笔,也渲染了少女吟诗的音乐效果。诗人以满目如霜的月色来烘托四周的沉寂,使"霜"字与"夜凉"相应,并且此透露出少女吟罢之后心境的清冷和吟声给听者带来的莫名的惆怅,从而在结尾形成"此时无声胜有声"的境界,留下了无穷的韵味。

抒情的画意美和画面的抒情美融为一体,是盛唐许多名篇的共同特点。这首诗写女子而洗尽脂粉香艳气息,更觉神清音婉,兴味深长,超尘拔俗,天然淡雅,在盛唐诗中也是不可多得的佳作。

塞上听吹笛

雪净胡天牧马还，月明羌笛戍楼间。

借问梅花何处落？风吹一夜满关山。

【赏析一】

汪中《述学·内篇》说诗文里数目字有"实数"和"虚数"之分，今世学者进而谈到诗中颜色字亦有"实色"与"虚色"之分。现在我们还可看到诗中写景亦有"虚景"与"实景"之分，如高适这首诗就表现得十分突出。

前二句写的是实景：胡天北地，冰雪消融，是牧马的时节了。傍晚战士赶着马群归来，天空洒下明月的清辉……开篇就造成一种边塞诗中不多见的和平宁谧的气氛，这与"雪净""牧马"等字面大有关系。那大地解冻的春的消息，牧马晚归的开阔的情景使人联想到《过秦论》中一段文字："蒙恬北筑长城而守藩篱，却匈奴七百余里，胡人不敢南下而牧马"，则"牧马还"三字似还含另一重意味，这就是胡马北还，边烽暂息，于是"雪净"也有了几分象征危险的意味。这个开端为全诗定下了一个开朗壮阔的基调。

在如此苍茫而又清澄的夜境里，不知那座戍楼吹起了羌笛，那是熟悉的《梅花落》曲调啊。"梅花何处落"是将"梅花落"三字拆用，嵌入"何处"二字，意谓：何处吹奏《梅花落》？诗的三四句与"谁家玉笛暗飞声，散入春风满洛城。"意近，是说风传笛曲，一夜之间声满关山，其境界很动人。

三四句之妙不仅如此。将"梅花落"拆用，又构成一种虚景，仿佛风吹的不是笛声而是落梅的花片，它们四处飘散，一夜之中色和香洒满关山。这固然是写声成像，但它是由曲名拆用形成的假象，以设问出之，虚之又虚。而这虚景又恰与雪净月明的实景配搭和谐,虚实交错,构成美妙阔远的意境,这境界是任何高明的画手也难以画出的。同时,它仍包含通感,即由听曲而"心想形状"的成分。战士由听曲而想到故乡的梅花,而想到梅花之落。句中也就含有思乡的情调。不过,这种思乡情绪并不低沉,这不但是为首句定下的乐观开朗的基调所决定的,同时也有关乎盛唐气象。诗人时在哥舒翰幕府,同时所作《登陇诗》云:"浅才登一命,孤剑通万里。岂不思故乡,从来感知己",正是由于怀着盛唐人通常有的那种豪情,笔下的诗方能感而不伤。

【赏析二】

唐代著名的边塞诗人高适,其官至渤海侯。在《旧唐书》本传说:"有唐以来,诗人之达者,唯适而已。"因此其诗作也充满了盛世豪情。而其中的《塞上听笛》运用的虚实相间,刚柔相济的巧妙构思,意境深远含蓄,实在是一首别具一格的佳作。

首先,意境深远含蓄。中国的古典诗歌以抒情为重要特征,而意境则是其生命的重要元素。所谓意境就是能够传达某种特定意念的语言形象。它是能唤起读者的印象与联想的媒介。这首诗注重了各种景物的排列组合,采用蒙太奇式的罗列手法创造了深远含蓄的意境。王国维在《人间词话》中说过"一切景语皆情语也。"诗中勾勒出了一幅边关解冻,春回大地,战士们在傍晚时分,赶着马群归来,而远处的戍楼不时传来悠扬笛声的画面。这正是边塞和平宁静的美好风光,充满了盛唐的开朗和壮阔,乐曲声和月色融为一体,寄托着戍边者的思乡情怀。

其次,构思巧妙。诗歌采用了虚实相间,刚柔相济的艺术形式。前两句中雪净,胡天月明等景是实写。而三四句属于虚写,通过朴实无华的语言和巧妙折字叠合来寄托思乡之情。曲名《梅花落》的拆分,正是体现了我国古诗创作中的"平字见奇,常字见险,陈字见新,朴字见色。"的写作理论。

再次,通感修辞手法的运用。人的感觉器官是各司其职,而又相互联系,彼此沟通的。《列子·仲尼》篇说:"眼如耳,耳如鼻,鼻如口,无不同也,心凝形释。"这首诗正是采用通感的修辞手法使得听觉和视觉相互沟通来寄托诗人的思乡之情。从戍楼中传来熟悉的《梅花落》曲调,风传笛曲,诗人通过《梅花落》的拆分真是妙手偶得"借问梅花何处落",这仿佛风吹的不再是笛声,而片片落梅,一夜之间飘满关山。这样听觉与视觉的交融,创造了美的形像,寄托了思乡之情。

好一首《塞上听吹笛》,读其诗,如闻羌笛,如见落梅,如感乡愁。

除夜作

旅馆寒灯独不眠,客心何事转凄然。

故乡今夜思千里,愁鬓明朝又一年。

【赏析一】

除夕之夜,传统的习惯是一家欢聚,"达旦不眠,谓之守岁"。诗题《除夜作》,本应唤起人们对这个传统佳节的很多欢乐的记忆和想像的,然而这首诗中的除夜却是另一种情景。

诗的开头就是"旅馆"二字,看似平平,却不可忽视,全诗的感情就是由此而生发开来的。这是一个除夕之夜,诗人眼看着外面家家户户灯火通明,欢聚一堂,而自己却远离家人,身居客舍。两相对照,不觉触景生情,连眼前那盏同样有着光和热的灯,竟也变得"寒"气袭人了。"寒灯"二字,渲染了旅馆的清冷和诗人内心的凄寂。寒灯只影自然难于入眠,更何况是除夕之夜!而"独不眠"自然又会想到一家团聚,其乐融融的守岁的景象,那更是叫人难耐。所以这一句看上去是写眼前景、眼前事,但是却处处从反面扣紧诗题,描绘出一个孤寂清冷的意境。第二句"客心何事转凄然",这是一个转承的句子,用提问的形式将思想感情更明朗化,从而逼出下文。"客"是自指,因身在客中,故称"客"。竟是什么使得诗人"转凄然"呢?当然还是"除夜"。晚上那一片浓厚的除夕气氛,把自己包围在寒灯只影的客舍之中,那孤寂凄然之感便油然而生了。

诗完一二句后,似乎感到诗人要倾吐他此刻的心绪了,可是,却又撇开自己,从对面写来:"故乡今夜思千里"。"故乡",是借指故乡的亲人;"千里"，借指千里之外的自己。那意思是说，故乡的亲人在这个除夕之夜定是想念着千里之外的我，想着我今夜不知落在何处，想着我一个人如何度过今夕……其实，这也正是"千里思故乡"的一种表现。"霜鬓明朝又一年"，"今夜"是除夕，所以明朝又是一年了，由旧的一年又将"思"到新的一年，这漫漫无边的思念之苦，又要在霜鬓增添新的白发。沈德潜说："作故乡亲友思千里外人，愈有意味。"之所以"愈有意味"，就是诗人巧妙地运用"对写法"，把深挚的情思抒发得更为婉曲含蕴。这在古典诗歌中也是一种常见的表现手法，如杜甫的《月夜》："今夜鄜州月，闺中只独看。"诗中写的是妻子思念丈夫，其实恰恰是诗人自己感情的折射。

胡应麟认为绝句"对结者须意尽。如……高达夫'故乡今夜思千里，霜鬓明朝又一年。'添著一语不得乃可。"所谓"意尽"，大概是指诗意的完整；所谓"添著一语不得"，也就是指语言的精炼。"故乡今夜思千里，霜鬓明朝又一年"，正是把双方思之久、思之深、思之苦，集中地通过除夕之夜抒写出来了，完满地表现了诗的主题思想。因此，就它的高度概括和精炼含蓄的特色而言，是可以说收到了"意尽"和"添著一语不得"的艺术效果。

【赏析二】

这是一首除夕之夜思念家人的诗，写的是眼前景，用的是口边语，却耐人寻味，向来为人称道。成功的原因有二：一是乡关之思的发生与深化写得极为自然，首句点明他独在异乡，思家难免，次句自问此时何以尤甚，后二句和盘托出地说明原因，结构谨严，意态圆足。二是后二句不直说自己思念亲人，反说亲人在思念自己，表情更为曲折、委婉，余味无穷。此诗的写作时间很难确定，从"思千里"与"愁鬓"等字眼看来，不会是早年所作。

【赏析三】

诗中一、二两句写除夕之夜诗人身处异乡，寒灯伴影，辗转反侧，难以入眼，将游子的思乡之情表达得悱恻凄然。三、四两句笔锋一转，撇开自己，从

中国古典名著精华

对方入手,想像故乡亲人思念千里之外的自己的情景。全诗虚实结合,情景相生,传达出普天之下的人伦之情。

【赏析四】

第一、二句里,作者首先用"旅馆"来表示他现在居住在异乡;又用"寒灯"来比喻游子心中的寂寞和孤单,而且现在偏偏又是"除夜",怎不叫人更加的感到悲伤呢!后面两句,我们大概可以有两解释,一种是说:"我非常思念千里外的家乡,可是明天,我却只能用这满头的白发去迎接新的一年";另一种说法是:"今天是除夕,明天又是新的一年,我离开家乡已经好几年了,虽然我的思绪早就飞回了千里外的家乡,但我却回不去,这么多年来,我依然一事无成,只有这两鬓的白鬓,一年比一年多了。"其实,不管是那一种说法,我们都可以很清楚的感受到那游子复杂的心情。

效古赠崔二

十月河洲时，一看有归思。

风飙生惨烈，雨雪暗天地。

我辈今胡为，浩哉迷所至。

缅怀当途者，济济居声位。

邈然在云霄，宁肯更沦踬。

周旋多燕乐，门馆列车骑。

美人芙蓉姿，狭室兰麝气。

金炉陈兽炭，谈笑正得意。

岂论草泽中，有此枯槁士。

我惭经济策，久欲甘弃置。

君负纵横才，如何尚憔悴。

长歌增郁快，对酒不能醉。

穷达自有时，夫子莫下泪。

【赏析】

此诗作于开元二十一年(733年)冬第一次出塞蓟北而归之后。

开始六句，以景托情，情景交隔，渲染出笼罩天地的巨大悲愁。"十月河洲"，景物萧条，托出诗人心境的悲凉、前途的黯淡，因此有"归欤"之思。三四句进一步渲染这种"惨"景：狂风的呼啸使气氛更添严酷凄惨，暴雨大雪使天地黯然，故"归思"虽切，却不知"胡为"。"迷所至"，表现进退维谷之状。"浩哉"的强烈感叹，不仅是严酷景象的浑浩无边，也是指悲愁之情的混茫无尽。

　　紧接着十二句,以"缅怀"(即遥想)二字将人们引向京城,把自己西游长安所见的"当途者"(指权贵)们花天酒地的生活一一展示出来,进一步反衬"我辈"的仓皇:权贵们人数众多,名声显赫,如在"云霄",岂肯变"更"困顿之士(即"沦踬")的悲惨处境!他们以"燕乐"高奏,"车骑"如云,交游何其贵盛;"美人"如荷,幽房飘香,生活何其淫逸;兽形火炭陈于"金炉",眉飞色舞"谈笑"得意,姿态何其骄矜!这一幅幅生活图景的生动刻画,使对权贵们的腐败生活揭露程度更为深广,愈益猛烈。笔势至此突转,以"岂论草泽中,有此枯槁士"的鲜明对比,以义愤之情揭露社会的黑暗污浊。

　　最后八句,回应"赠崔二"的题意,倾诉胸中的不平。前四句中,先说我惭愧的是无经世济民之策,故早就自甘沉沦,接着以一个有力的反诘,写崔二有"纵横"之才,却还是与自己一样同处"憔悴"境地的事实,进而揭露当时社会对有识之士的普遍压抑。至此可知,前面的自惭自弃,乃是正言反说,以退为进,恰恰说明自己"永愿拯刍荛"的理想无法实现,内心悲愤无法排遣。接着思绪再一转折:企图"长歌"一曲,以抒其愤,谁料反增郁闷;再以酒解愁吧,却不能一醉,反而倍添忧愁。故最后两句,只好以"穷达自有时,夫子莫下泪"的劝慰,流露出自己安于时命,无可奈何的复杂心情。这八句抒情,几经转折回旋,情愈遣愈烈,把主人公愁思百结,痛苦万状的悲慨之情表现得淋漓尽致。

　　诗人二十岁曾西游长安求仕,失意而归。北游蓟门,"时事多谬",内心极为愤懑不平,故借与崔二赠答之际,深刻揭露了当时统治阶级的骄奢淫逸,正直之士长期沉沦的悲惨遭遇,尽情地发泄了一腔郁勃悲慨之情,把"开元盛世"的黑暗面暴露无遗。在开元诗坛上,他针砭时弊的大胆尖锐是空前的。诗歌以景托情起,渲染出深广浓烈的悲凉之气。再以铺陈之法揭露"当途者"的骄奢淫逸,真切生动,最后以回旋婉转的笔法,波澜层生,峰峦迭起,将自己深沉的悲愤推向高潮。其中还多用尖锐的对比,不着议论,说服力和感染力极强。而且对比之处，多用反诘的语气推出，就使感情的力度更强，增加了激昂顿挫之势。这种抒情的悲叹和对当时社会关系的愤怒抗议，使他的创作一开始就具有鲜明的现实主义倾向，除了雄壮豪放的风格外，还有"沉郁悲凉"的一面，而且"其沉雄直不减杜甫"。这种特点，也使他的边塞诗，表现出对将帅无能的尖锐揭露和对士卒的深刻同情，在边塞诗人中独树一帜。

高适诗集

哭单父梁九少府

开箧泪沾臆,见君前日书。

夜台今寂寞,独是子云居。

畴昔探云奇,登临赋山水。

同舟南浦下,望月西江里。

契阔多别离,绸缪到生死。

九原即何处,万事皆如此。

晋山徒峨峨,斯人已冥冥。

常时禄且薄,殁后家复贫。

妻子在远道,弟兄无一人。

十上多苦辛,一官恒自哂。

青云将可致,白日忽先尽。

唯有身后名,空留无远近。

【赏析】

本诗通过对亡友梁九少府一生落拓不遇、不幸早夭的叙述,和对彼此生前深厚交谊的回忆,表达了对亡友极为沉痛哀悼的感情。是高适"悲"的代表作之一,在当时就广为传唱。

开篇四句,以睹物思人写起。"开箧"见书,说明二人交情深厚。而见"书"思人,愈增哀痛,因此感情无法控制而猛烈迸发出来,不禁悲泪滂沱,湿透胸臆。既紧切题目的"哭"字,又渲染出一种极为悲哀的气氛笼罩全诗,确立了一个"悲"的感情基调。"夜台"即坟墓。"子云居"指扬雄的故居。据

《汉书·扬雄传》:"其先出自有周伯侨者,以支庶初食采于晋之扬,因氏焉。"扬在河、汾之间,汉为河东郡扬县。这里一语双关,既点出梁九的墓地在扬雄的祖籍晋地,又暗示出亡友生前门庭萧条,生活清苦,有如扬雄。这两句不写诗人感到挚友亡殁而寂寞,生死茫茫而怅惘,却想像坟墓中亡友的"寂寞,"更显出感情的深婉动人。

紧接着六句,以"畴昔"二字引出对生前交游的追忆:追忆当年,贪自然之"灵奇",共"登临"而赋诗;游"南浦"而同舟,泛"西江"而玩月";虽勤苦("契阔"即勤苦)多远别,但情深而缠绵。两联细描高度概括了他们二人相处的欢乐,交情的亲密,乃至生死不渝。这既是对前面"泪沾臆"的补充说明,又反衬出痛失故友的巨大悲伤。

"九原"(即九泉)以下四句,先以"即何处"领起:意思是亡友不知在何处?人间"万事"都是如此渺茫难求,只有"晋山"高耸入云,而梁九少府却深居于九泉!以自然的永恒,反衬出人生的无常,流露出对梁九少府一生不幸遭遇的同情和人世不平的愤怨。

"常时禄且薄"以下,主要通过叙述梁九少府的生平,委婉揭示出当时社会对贤士的排斥和压抑,将哀伤之情抒发得更为深婉诚挚。生前"禄薄",死后更为"贫困";妻子远离他乡,又无弟兄扶持。描述梁九生前死后家计的贫寒孤寂,其惨痛之状犹如雪上加霜。最后六句,再写他生前仕途的坎坷:曾"十上"奏疏,"苦辛"国事,但不为所纳。长期身居微官,沉沦下僚,令人悲愤不平。"青云"虽有可致之期,但不幸却如"白日"西沉,早离人世。如今虽有清名"空留"人世,为"远近"所晓,但大志未展,功业未成,岂不徒有虚名?于"实"何补?沉痛之情,溢于言表。

此诗感情极为深婉绵长,个中原因固然应归于梁九少府的一生确系"命途多舛",催人泪下,更为重要的是,写梁九的一生所历,实际也是诗人遭际的写照。高适"喜言王霸大略,务功名,尚节义。"但蹉跎半生,到处碰壁,甚至"求丐取给"。因此在"哭"亡友的同时,不由得联想到自身的困顿,自然有切肤之痛,故感情格外酸楚动人。通篇以痛哭为诗,首先从睹物思人写起,"哭"字领起全篇。然后追叙生前相处的欢乐,接着"九原"以下四句议论,对梁九的不幸深为同情,对社会的不平,悲愤难禁。然后再叙写他生前死后家计的贫苦冷寂,一生仕途的坎坷不平和英年早逝,寄寓了深深的慨叹和惋惜。最后两句再转入议论,以实绩与"空"名对比,将哀伤之情抒写得更为深沉绵长。

卷二 泛读篇目

铜雀妓

日暮铜雀迥,秋深玉座清。

萧森松柏望,委郁绮罗情。

君恩不再得,妾舞为谁轻。

塞下曲

结束浮云骏,翩翩出从戎。

且凭天子怒,复倚将军雄。

万鼓雷殷地,千旗火生风。

日轮驻霜戈,月魄悬雕弓。

青海阵云匝,黑山兵气冲。

战酣太白高,战罢旄头空。

万里不惜死,一朝得成功。

画图麒麟阁,入朝明光宫。

大笑向文士,一经何足穷。

古人昧此道,往往成老翁。

塞　上

东出卢龙塞,浩然客思孤。

亭堠列万里,汉兵犹备胡。

边尘涨北溟,虏骑正南驱。

转斗岂长策,和亲非远图。

惟昔李将军,按节出皇都。

总戎扫大漠,一战擒单于。

常怀感激心,愿效纵横谟。

倚剑欲谁语,关河空郁纡。

蓟门行五首

蓟门逢古老,独立思氛氲。

一身既零丁,头鬓白纷纷。

勋庸今已矣,不识霍将军。

汉家能用武,开拓穷异域。

戍卒厌糠核,降胡饱衣食。

关亭试一望,吾欲泪沾臆。

边城十一月,雨雪乱霏霏。

元戎号令严,人马亦轻肥。

羌胡无尽日,征战几时归。

幽州多骑射,结发重横行。

一朝事将军,出入有声名。

纷纷猎秋草,相向角弓鸣。

黯黯长城外,日没更烟尘。

胡骑虽凭陵,汉兵不顾身。

古树满空塞,黄云愁杀人。

钜鹿赠李少府

李侯虽薄宦,时誉何籍籍。

骏马常借人,黄金每留客。

投壶华馆静,纵酒凉风夕。

即此遇神仙,吾欣知损益。

东平留赠狄司马

古人无宿诺,兹道以为难。

万里赴知己，一言诚可叹。

马蹄经月窟，剑术指楼兰。

地出北庭尽，城临西海寒。

森然瞻武库，则是弄儒翰。

入幕绾银绶，乘轺兼铁冠。

练兵日精锐，杀敌无遗残。

献捷见天子，论功俘可汗。

激昂丹墀下，顾盼青云端。

谁谓纵横策，翻为权势干。

将军既坎壈，使者亦辛酸。

耿介抱三事，羁离从一官。

知君不得意，他日会鹏抟。

过卢明府有赠

良吏不易得，古人今可传。

静然本诸己，以此知其贤。

我行抱高风，美尔兼少年。

胸怀豁清夜，史汉如流泉。

明日复行春，逶迤出郊坛。

登高见百里，桑野郁芊芊。

时平俯鹊巢，岁熟多人烟。

奸猾唯闭户，逃亡归种田。

回轩自郭南，老幼满马前。

皆贺蚕农至,而无徭役牵。

君观黎庶心,抚之诚万全。

何幸逢大道,愿言烹小鲜。

能奏明廷主,一试武城弦。

单父逢邓司仓覆仓库,因而有赠

邦牧今坐啸,群贤趋纪纲。

四人忽不扰,耕者遥相望。

粲粲府中妙,授词如履霜。

炎炎伏热时,草木无晶光。

匹马度睢水,清风何激扬。

校缗阅帑藏,发廪欣斯箱。

邂逅得相逢,欢言至夕阳。

开襟自公馀,载酒登琴堂。

举杯挹山川,寓目穷毫芒。

白鸟向田尽,青蝉归路长。

醉中不惜别,况乃正游梁。

蓟门不遇王之涣、郭密之,因以留赠

适远登蓟丘,兹晨独搔屑。

贤交不可见，吾愿终难说。

迢递千里游，羁离十年别。

才华仰清兴，功业嗟芳节。

旷荡阻云海，萧条带风雪。

逢时事多谬，失路心弥折。

行矣勿重陈，怀君但愁绝。

寄孟五少府

秋气落穷巷，离忧兼暮蝉。

后时已如此，高兴亦徒然。

知君念淹泊，忆我屡周旋。

征路见来雁，归人悲远天。

平生感千里，相望在贞坚。

苦雨寄房四昆季

独坐见多雨，况兹兼索居。

茫茫十月交，穷阴千里馀。

弥望无端倪，北风击林箊。

白日渺难睹，黄云争卷舒。

安得造化功，旷然一扫除。

滴沥檐宇愁，寥寥谈笑疏。

泥涂拥城郭，水潦盘丘墟。

惆怅悯田农，裴回伤里闾。

曾是力井税，曷为无斗储。

万事切中怀，十年思上书。

君门嗟缅邈，身计念居诸。

沉吟顾草茅，郁怏任盈虚。

黄鹄不可羡，鸡鸣时起予。

故人平台侧，高馆临通衢。

兄弟方荀陈，才华冠应徐。

弹棋自多暇，饮酒更何如。

知人想林宗，直道惭史鱼。

携手风流在，开襟鄙吝祛。

宁能访穷巷，相与对园蔬。

和贺兰判官望北海作

圣代务平典，辌轩推上才。

迢遥溟海际，旷望沧波开。

四牡未遑息，三山安在哉。

巨鳌不可钓，高浪何崔嵬。

湛湛朝百谷，茫茫连九垓。

挹流纳广大，观异增迟回。

日出见鱼目，月圆知蚌胎。

迹非想像到，心以精灵猜。

远色带孤屿，虚声涵殷雷。

风行越裳贡，水遏天吴灾。

揽辔隼将击，忘机鸥复来。

缘情韵骚雅，独立遗尘埃。

吏道竟殊用，翰林仍忝陪。

长鸣谢知己，所愧非龙媒。

和崔二少府登楚丘城作

故人亦不遇，异县久栖托。

辛勤失路意，感叹登楼作。

清晨眺原野，独立穷寥廓。

云散芒砀山，水还睢阳郭。

绕梁即襟带，封卫多漂泊。

事古悲城池，年丰爱墟落。

相逢俱未展，携手空萧索。

何意千里心，仍求百金诺。

公侯皆我辈，动用在谋略。

圣心思贤才，揭来刘葵藿。

酬司空璲少府

飘飖未得意，感激与谁论。

昨日遇夫子，仍欣吾道存。

江山满词赋，札翰起凉温。

吾见风雅作，人知德业尊。

惊飙荡万木，秋气屯高原。

燕赵何苍茫，鸿雁来翩翩。

此时与君别，握手欲无言。

酬李少府

出塞魂屡惊，怀贤意难说。

谁知吾道间，乃在客中别。

日夕捧琼瑶，相思无休歇。

伊人虽薄宦，举代推高节。

述作凌江山，声华满冰雪。

一登蓟丘上，四顾何惨烈。

来雁无尽时，边风正骚屑。

将从崖谷遁，且与沉浮绝。

君若登青云，余当投魏阙。

酬裴秀才

男儿贵得意，何必相知早。

飘荡与物永，蹉跎觉年老。

长卿无产业，季子惭妻嫂。

此事难重陈，未于众人道。

酬陆少府

朝临淇水岸，还望卫人邑。

别意在山阿，征途背原隰。

萧萧前村口，唯见转蓬入。

水渚人去迟，霜天雁飞急。

固应不远别，所与路未及。

欲济川上舟，相思空伫立。

奉酬北海李太守丈人夏日平阴亭

天子股肱守，丈人山岳灵。

出身侍丹墀，举翮凌青冥。

当昔皇运否，人神俱未宁。

谏官莫敢议，酷吏方专刑。

谷永独言事，匡衡多引经。

两朝纳深衷，万乘无不听。

盛烈播南史，雄词豁东溟。

谁谓整隼旟，翻然忆柴扃。

寄书汶阳客，回首平阴亭。

开封见千里，结念存百龄。

隐轸江山丽，氛氲兰茝馨。

自怜遇时休，漂泊随流萍。

春野变木德，夏天临火星。

一生徒美鱼，四十犹聚萤。

从此日闲放，焉能怀拾青。

酬马八效古见赠

深崖无绿竹，秀色徒氛氲。

时代种桃李，无人顾此君。

奈何冰雪操，尚与蒿莱群。

愿托灵仙子，一声吹入云。

酬鸿胪裴主簿雨后睢阳北楼见赠之作

暮霞照新晴，归云犹相逐。

有怀晨昏暇，相见登眺目。

问礼侍彤襜，题诗访茅屋。

高楼多古今，陈事满陵谷。

地久微子封，台馀孝王筑。

裴回顾霄汉，豁达俯川陆。

远水对秋城，长天向乔木。

公门何清净，列戟森已肃。

不叹携手稀，恒思著鞭速。

终当拂羽翰，轻举随鸿鹄。

酬裴员外以诗代书

少时方浩荡，遇物犹尘埃。

脱略身外事，交游天下才。

单车入燕赵，独立心悠哉。

宁知戎马间，忽展平生怀。

且欣清论高，岂顾夕阳颓。

题诗碣石馆，纵酒燕王台。

北望沙漠垂,漫天雪皑皑。

临边无策略,览古空裴回。

乐毅吾所怜,拔齐翻见猜。

荆卿吾所悲,适秦不复回。

然诺多死地,公忠成祸胎。

与君从此辞,每恐流年催。

如何俱老大,始复忘形骸。

兄弟真二陆,声名连八裴。

乙未将星变,贼臣候天灾。

胡骑犯龙山,乘舆经马嵬。

千官无倚著,万姓徒悲哀。

诛吕鬼神动,安刘天地开。

奔波走风尘,倏忽值云雷。

拥旄出淮甸,入幕征楚材。

誓当剪鲸鲵,永以竭驽骀。

小人胡不仁,谮我成死灰。

赖得日月明,照耀无不该。

留司洛阳宫,詹府唯蒿莱。

是时扫氛祲,尚未歼渠魁。

背河列长围,师老将亦乖。

归军剧风火,散卒争椎埋。

一夕瀍洛空,生灵悲曝腮。

衣冠投草莽,予欲驰江淮。

登顿宛叶下,栖遑襄邓隈。

城池何萧条,邑屋更崩摧。

纵横荆棘丛,但见瓦砾堆。

行人无血色，战骨多青苔。

遂除彭门守，因得朝玉阶。

激昂仰鹓鹭，献替欣盐梅。

驱传及远蕃，忧思郁难排。

罢人纷争讼，赋税如山崖。

所思在畿甸，曾是鲁宓侪。

自从拜郎官，列宿焕天街。

那能访遐僻，还复寄琼瑰。

金玉本高价，埙篪终易谐。

朗咏临清秋，凉风下庭槐。

何意寇盗间，独称名义偕。

辛酸陈侯诔，叹息季鹰杯。

白日屡分手，青春不再来。

卧看中散论，愁忆太常斋。

酬赠徒为尔，长歌还自哈。

酬庞十兵曹

忆昔游京华，自言生羽翼。

怀书访知己，末路空相识。

许国不成名，还家有惭色。

托身从畎亩，浪迹初自得。

雨泽感天时，耕耘忘帝力。

同人洛阳至，问我睢水北。

遂尔款津涯,净然见胸臆。

高谈悬物象,逸韵投翰墨。

别岸迥无垠,海鹤鸣不息。

梁城多古意,携手共凄恻。

怀贤想邹枚,登高思荆棘。

世情恶疵贱,之子怜孤直。

酬赠感并深,离忧岂终极。

同吕员外酬田著作幕门军西宿盘山秋夜作

碛路天早秋,边城夜应永。

遥传戎旅作,已报关山冷。

上将顿盘阪,诸军遍泉井。

绸缪阃外书,慷慨幕中请。

能使勋业高,动令氛雾屏。

远途能自致,短步终难骋。

羽翮时一看,穷愁始三省。

人生感然诺,何啻若形影。

白发知苦心,阳春见佳境。

星河连塞络,刁斗兼山静。

忆君霜露时,使我空引领。

酬秘书弟兼寄幕下诸公

亚相膺时杰，群才遇良工。

翩翩幕下来，拜赐甘泉宫。

信知命世奇，适会非常功。

侍御执邦宪，清词焕春丛。

末路望绣衣，他时常发蒙。

孰云三军壮，惧我弹射雄。

谁谓万里遥，在我樽俎中。

光禄经济器，精微自深衷。

前席屡荣问，长城兼在躬。

高纵激颓波，逸翮驰苍穹。

将副节制筹，欲令沙漠空。

司业志应徐，雅度思冲融。

相思三十年，忆昨犹儿童。

今来抱青紫，忽若披鹓鸿。

说剑增慷慨，论交持始终。

秘书即吾门，虚白无不通。

多才陆平原，硕学郑司农。

献封到关西，独步归山东。

永意久知处，嘉言能允宗。

客从梁宋来，行役随转蓬。

酬赠欣元弟，忆贤瞻数公。

游鳞戏沧浪,鸣凤栖梧桐。

并负垂天翼,俱乘破浪风。

眈眈天府间,偃仰谁敢同。

何意构广厦,翻然顾雕虫。

应知阮步兵,惆怅此途穷。

酬岑二十主簿秋夜见赠之作

舍下蛩乱鸣,居然自萧索。

缅怀高秋兴,忽枉清夜作。

感物我心劳,凉风惊二毛。

池枯菡萏死,月出梧桐高。

如何异乡县,复得交才彦。

汩没嗟后时,蹉跎耻相见。

箕山别来久,魏阙谁不恋。

独有江海心,悠悠未尝倦。

答侯少府

常日好读书,晚年学垂纶。

漆园多乔木,睢水清粼粼。

诏书下柴门,天命敢逡巡。

赫赫三伏时，十日到咸秦。

褐衣不得见，黄绶翻在身。

吏道顿羁束，生涯难重陈。

北使经大寒，关山饶苦辛。

边兵若刍狗，战骨成埃尘。

行矣勿复言，归欤伤我神。

如何燕赵陲，忽遇平生亲。

开馆纳征骑，弹弦娱远宾。

飘飖天地间，一别方兹晨。

东道有佳作，南朝无此人。

性灵出万象，风骨超常伦。

吾党谢王粲，群贤推郗诜。

明时取秀才，落日过蒲津。

节苦名已富，禄微家转贫。

相逢愧薄游，抚己荷陶钧。

心事正堪尽，离居宁太频。

两河归路遥，二月芳草新。

柳接潺沱暗，莺连渤海春。

谁谓行路难，猥当希代珍。

提握每终日，相思犹比邻。

江海有扁舟，丘园有角巾。

君意定何适，我怀知所遵。

浮沉各异宜，老大贵全真。

莫作云霄计，遑遑随缙绅。

宋中别周、梁、李三子

曾是不得意,适来兼别离。

如何一尊酒,翻作满堂悲。

周子负高价,梁生多逸词。

周旋梁宋间,感激建安时。

白雪正如此,青云无自疑。

李侯怀英雄,肮脏乃天资。

方寸且无间,衣冠当在斯。

俱为千里游,忽念两乡辞。

且见壮心在,莫嗟携手迟。

凉风吹北原,落日满西陂。

露下草初白,天长云屡滋。

我心不可问,君去定何之。

京洛多知己,谁能忆左思。

宋中别李八

岁晏谁不归,君归意可说。

将趋倚门望,还念同人别。

驻马临长亭,飘然事明发。

苍茫眺千里，正值苦寒节。

旧国多转蓬，平台下明月。

世情薄疵贱，夫子怀贤哲。

行矣各勉旃，吾当把馀烈。

别王彻

归客自南楚，怅然思北林。

萧条秋风暮，回首江淮深。

留君终日欢，或为梁父吟。

时辈想鹏举，他人嗟陆沉。

载酒登平台，赠君千里心。

浮云暗长路，落日有归禽。

离别未足悲，辛勤当自任。

吾知十年后，季子多黄金。

送萧十八与房侍御回还

常苦古人远，今见斯人古。

澹泊遗声华，周旋必邹鲁。

故交在梁宋，游方出庭户。

匹马鸣朔风，一身济河浒。

辛勤采兰咏，款曲翰林主。

岁月催别离，庭闱远风土。

寥寥寒烟静，莽莽夕阴吐。

明发不在兹，青天眇难睹。

宋中送族侄式颜

大夫击东胡，胡尘不敢起。

胡人山下哭，胡马海边死。

部曲尽公侯，舆台亦朱紫。

当时有勋业，末路遭谗毁。

转旆燕赵间，剖符括苍里。

弟兄莫相见，亲族远枌梓。

不改青云心，仍招布衣士。

平生怀感激，本欲候知己。

去矣难重陈，飘然自兹始。

游梁且未遇，适越今何以。

乡山西北愁，竹箭东南美。

峥嵘缙云外，苍莽几千里。

旅雁悲啾啾，朝昏孰云已。

登临多瘴疠，动息在风水。

虽有贤主人，终为客行子。

我携一尊酒，满酌聊劝尔。

劝尔惟一言，家声勿沦滓。

又送族侄式颜

惜君才未遇，爱君才若此。

世上五百年，吾家一千里。

俱游帝城下，忽在梁园里。

我今行山东，离忧不能已。

赠别王十七管记

故交吾未测，薄宦空年岁。

晚节踪曩贤，雄词冠当世。

堂中皆食客，门外多酒债。

产业曾未言，衣裘与人敝。

飘飘戎幕下，出入关山际。

转战轻壮心，立谈有边计。

云沙自回合，天海空迢递。

星高汉将骄，月盛胡兵锐。

沙深冷陉断，雪暗辽阳闭。

亦谓扫欃枪，旋惊陷蜂虿。

归旌告东捷，斗骑传西败。

遥飞绝汉书，已筑长安第。

画龙俱在叶，宠鹤先居卫。

勿辞部曲勋，不藉将军势。

相逢季冬月，怅望穷海裔。

折剑留赠人，严装遂云迈。

我行将悠缅，及此还羁滞。

曾非济代谋，且有临深诫。

随波混清浊，与物同丑丽。

眇忆青岩栖，宁忘褐衣拜。

自言爱水石，本欲亲兰蕙。

何意薄松筠，翻然重菅蒯。

恒深取与分，孰慢平生契。

款曲鸡黍期，酸辛别离袂。

逢时愧名节，遇坎悲沦替。

适赵非解纷，游燕往无说。

浩歌方振荡，逸翮思凌励。

倏若异鹏抟，吾当学蝉蜕。

涟上别王秀才

飘飘经远道，客思满穷秋。

浩荡对长涟，君行殊未休。

崎岖山海侧，想像无前俦。

何意照乘珠，忽然欲暗投。

东路方萧条，楚歌复悲愁。

暮帆使人感，去鸟兼离忧。

行矣当自爱，壮年莫悠悠。

余亦从此辞，异乡难久留。

赠言岂终极，慎勿滞沧洲。

赠别沈四逸人

沈侯未可测，其况信浮沉。

十载常独坐，几人知此心。

乘舟蹈沧海，买剑投黄金。

世务不足烦，有田西山岑。

我来遇知己，遂得开清襟。

何意闾阖间，沛然江海深。

疾风扫秋树，濮上多鸣砧。

耿耿尊酒前，联雁飞愁音。

平生重离别，感激对孤琴。

送韩九

惆怅别离日，裴回歧路前。

归人望独树，匹马随秋蝉。

常与天下士，许君兄弟贤。

良时正可用,行矣莫徒然。

送崔录事赴宣城

大国非不理,小官皆用才。
欲行宣城印,住饮洛阳杯。
晚景为人别,长天无鸟回。
举帆风波渺,倚棹江山来。
羡尔兼乘兴,芜湖千里开。

别张少府

归客留不住,朝云纵复横。
马头向春草,斗柄临高城。
嗟我久离别,羡君看弟兄。
归心更难道,回首一伤情。

淇上别刘少府子英

近来住淇上,萧条惟空林。
又非耕种时,闲散多自任。

伊君独知我，驱马欲招寻。

千里忽携手，十年同苦心。

求仁见交态，于道喜甘临。

逸思乃天纵，微才应陆沉。

飘然归故乡，不复问离襟。

南登黎阳渡，莽苍寒云阴。

桑叶原上起，河凌山下深。

途穷更远别，相对益悲吟。

别耿都尉

四十能学剑，时人无此心。

如何耿夫子，感激投知音。

翩翩白马来，二月青草深。

别易小千里，兴酣倾百金。

宋中遇林虑杨十七山人，因而有别

昔余涉漳水，驱车行邺西。

遥见林虑山，苍苍夏天倪。

邂逅逢尔曹，说君彼岩栖。

萝径垂野蔓，石房倚云梯。

秋韭何青青,药苗数百畦。

栗林隘谷口,栝树森回谿。

耕耘有山田,纺绩有山妻。

人生苟如此,何必组与珪。

谁谓远相访,曩情殊不迷。

檐前举醇醪,灶下烹只鸡。

朔风忽振荡,昨夜寒螀啼。

游子益思归,罢琴伤解携。

出门尽原野,白日黯已低。

始惊道路难,终念言笑暌。

因声谢岑壑,岁暮一攀跻。

酬别薛三、蔡大,留简韩十四主簿

迢递辞京华,辛勤异乡县。

登高俯沧海,回首泪如霰。

同人久离别,失路还相见。

薛侯怀直道,德业应时选。

蔡子负清才,当年擢宾荐。

韩公有奇节,词赋凌群彦。

读书嵩岑间,作吏沧海甸。

伊余寡栖托,感激多愠见。

纵诞非尔情,飘沦任疵贱。

忽枉琼瑶作,乃深平生眷。

始谓吾道存，终嗟客游倦。

归心无昼夜，别事除言宴。

复值凉风时，苍茫夏云变。

送虞城刘明府谒魏郡苗太守

天官苍生望，出入承明庐。

肃肃领旧藩，皇皇降玺书。

茂宰多感激，良将复吹嘘。

永怀一言合，谁谓千里疏。

对酒忽命驾，兹情何起予。

炎天昼如火，极目无行车。

长路出雷泽，浮云归孟诸。

魏郡十万家，歌钟喧里闾。

传道贤君至，闭关常晏如。

君将挹高论，定是问樵渔。

今日逢明圣，吾为陶隐居。

途中酬李少府赠别之作

西上逢节换，东征私自怜。

故人今卧疾，欲别还留连。

举酒临南轩，夕阳满中筵。

宁知江上兴，乃在河梁偏。

行李多光辉，札翰忽相鲜。

谁谓岁月晚，交情尚贞坚。

终嗟州县劳，官谤复迍邅。

虽负忠信美，其如方寸悬。

连帅扇清风，千里犹眼前。

曾是趋藻镜，不应翻弃捐。

日来知自强，风气殊未痊。

可以加药物，胡为辄忧煎。

驱马出大梁，原野一悠然。

柳色感行客，云阴愁远天。

皇明烛幽遐，德泽普照宣。

鹓鸿列霄汉，燕雀何翩翩。

余亦惬所从，渔樵十二年。

种瓜漆园里，凿井卢门边。

去去勿重陈，生涯难勉旃。

或期遇春事，与尔复周旋。

投报空回首，狂歌谢比肩。

睢阳酬别畅大判官

吾友遇知己，策名逢圣朝。

高才擅白雪，逸翰怀青霄。

承诏选嘉宾,慨然即驰轺。

清昼下公馆,尺书忽相邀。

留欢惜别离,毕景驻行镳。

言及沙漠事,益令胡马骄。

丈夫拔东蕃,声冠霍嫖姚。

兜鍪冲矢石,铁甲生风飙。

诸将出冷陉,连营济石桥。

酋豪尽俘馘,子弟输征徭。

边庭绝刁斗,战地成渔樵。

榆关夜不扃,塞口长萧萧。

降胡满蓟门,一一能射雕。

军中多宴乐,马上何轻趫。

戎狄本无厌,羁縻非一朝。

饥附诚足用,饱飞安可招。

李牧制儋蓝,遗风岂寂寥。

君还谢幕府,慎勿轻刍荛。

宴韦司户山亭院

人幽想灵山,意惬怜远水。

习静务为适,所居还复尔。

汲流涨华池,开酌宴君子。

苔径试窥践,石屏可攀倚。

入门见中峰,携手如万里。

横琴了无事,垂钓应有以。

高馆何沉沉,飒然凉风起。

同诸公登慈恩寺浮图

香界泯群有,浮图岂诸相。

登临骇孤高,披拂欣大壮。

言是羽翼生,迥出虚空上。

顿疑身世别,乃觉形神王。

宫阙皆户前,山河尽檐向。

秋风昨夜至,秦塞多清旷。

千里何苍苍,五陵郁相望。

盛时惭阮步,末宦知周防。

输效独无因,斯焉可游放。

同薛司直诸公秋霁曲江俯见南山作

南山郁初霁,曲江湛不流。

若临瑶池前,想望昆仑丘。

回首见黛色,眇然波上秋。

深沉俯峥嵘,清浅延阻修。

连潭万木影,插岸千岩幽。

杳霭信难测,渊沦无暗投。

片云对渔父,独鸟随虚舟。

我心寄青霞,世事惭白鸥。

得意在乘兴,忘怀非外求。

良辰自多暇,欣与数子游。

登广陵栖灵寺塔

淮南富登临,兹塔信奇最。

直上造云族,凭虚纳天籁。

迥然碧海西,独立飞鸟外。

始知高兴尽,适与赏心会。

连山黯吴门,乔木吞楚塞。

城池满窗下,物象归掌内。

远思驻江帆,暮时结春霭。

轩车疑蠢动,造化资大块。

何必了无身,然后知所退。

登百丈峰二首

朝登百丈峰,遥望燕支道。

汉垒青冥间,胡天白如扫。

忆昔霍将军,连年此征讨。

匈奴终不灭,寒山徒草草。

唯见鸿雁飞,令人伤怀抱。

晋武轻后事,惠皇终已昏。

豺狼塞瀍洛,胡羯争乾坤。

四海如鼎沸,五原徒自尊。

而今白庭路,犹对青阳门。

朝市不足问,君臣随草根。

同群公秋登琴台

古迹使人感,琴台空寂寥。

静然顾遗尘,千载如昨朝。

临眺自兹始,群贤久相邀。

德与形神高,孰知天地遥。

四时何倏忽,六月鸣秋蜩。

万象归白帝,平川横赤霄。

犹是对夏伏,几时有凉飙。

燕雀满檐楹,鸿鹄抟扶摇。

物性各自得,我心在渔樵。

兀然还复醉,尚握尊中瓢。

同群公出猎海上

畋猎自古昔，况伊心赏俱。

偶与群公游，旷然出平芜。

层阴涨溟海，杀气穷幽都。

鹰隼何翩翩，驰骤相传呼。

豺狼窜榛莽，麋鹿罹艰虞。

高鸟下骍弓，困兽斗匹夫。

尘惊大泽晦，火燎深林枯。

失之有馀恨，获者无全驱。

咄彼工拙间，恨非指踪徒。

犹怀老氏训，感叹此欢娱。

同群公题郑少府田家

郑侯应凄惶，五十头尽白。

昔为南昌尉，今作东郡客。

与语多远情，论心知所益。

秋林既清旷，穷巷空渐沥。

蝶舞园更闲，鸡鸣日云夕。

男儿未称意，其道固无适。

劝君且杜门，勿叹人事隔。

同群公题中山寺

平原十里外，稍稍云岩深。

遂及清净所，都无人世心。

名僧既礼谒，高阁复登临。

石壁倚松径，山田多栗林。

超遥尽巇崿，逼侧仍岖嶔。

吾欲休世事，于焉聊自任。

同群公宿开善寺，赠陈十六所居

驾车出人境，避暑投僧家。

裴回龙象侧，始见香林花。

读书不及经，饮酒不胜茶。

知君悟此道，所未搜袈裟。

谈空忘外物，持诚破诸邪。

则是无心地，相看唯月华。

同韩四、薛三东亭玩月

远游怅不乐，兹赏吾道存。
款曲故人意，辛勤清夜言。
东亭何寥寥，佳境无朝昏。
阶墀近洲渚，户牖当郊原。
矧乃穷周旋，游时怡讨论。
树阴荡瑶瑟，月气延清尊。
明河带飞雁，野火连荒村。
对此更愁予，悠哉怀故园。

同敬八、卢五泛河间清河

清川在城下，沿泛多所宜。
同济惬数公，玩物欣良时。
飘飖波上兴，燕婉舟中词。
昔陟乃平原，今来忽涟漪。
东流达沧海，西流延滹池。
云树共晦明，井邑相逶迤。
稍随归月帆，若与沙鸥期。
渔父更留我，前潭水未滋。

同房侍御山园新亭与邢判官同游

隐隐春城外，朦胧陈迹深。

君子顾榛莽，兴言伤古今。

决河导新流，疏径踪旧林。

开亭俯川陆，时景宜招寻。

肃穆逢使轩，夤缘事登临。

忝游芝兰室，还对桃李阴。

岸远白波来，气喧黄鸟吟。

因睹歌颂作，始知经济心。

灌坛有遗风，单父多鸣琴。

谁为久州县，苍生怀德音。

同马太守听九思法师讲金刚经

吾师晋阳宝，杰出山河最。

途经世谛间，心到空王外。

鸣钟山虎伏，说法天龙会。

了义同建瓴，梵法若吹籁。

深知亿劫苦，善喻恒沙大。

舍施割肌肤，攀缘去亲爱。

招提何清净，良牧驻轻盖。

露冕众香中，临人觉苑内。

心持佛印久，标割魔军退。

愿开初地因，永奉弥天对。

涟上题樊氏水亭

涟上非所趣，偶为世务牵。

经时驻归棹，日夕对平川。

莫论行子愁，且得主人贤。

亭上酒初熟，厨中鱼每鲜。

自说宦游来，因之居住偏。

煮盐沧海曲，种稻长淮边。

四时常晏如，百口无饥年。

菱芋藩篱下，渔樵耳目前。

异县少朋从，我行复迍邅。

向不逢此君，孤舟已言旋。

明日又分首，风涛还眇然。

塞口连浊河，辕门对山寺。

宁知鞍马上，独有登临事。

七级凌太清，千崖列苍翠。

飘飘方寓目，想像见深意。

高兴殊未平，凉风飒然至。

拔城阵云合，转旆胡星坠。

大将何英灵，官军动天地。

君怀生羽翼,本欲附骐骥。

款段苦不前,青冥信难致。

一歌阳春后,三叹终自愧。

三君咏·魏郑公

郑公经纶日,隋氏风尘昏。

济代取高位,逢时敢直言。

道光先帝业,义激旧君恩。

寂寞卧龙处,英灵千载魂。

三君咏·郭代公

代公实英迈,津涯浩难识。

拥兵抗矫征,仗节归有德。

纵横负才智,顾盼安社稷。

流落勿重陈,怀哉为凄恻。

三君咏·狄梁公

梁公乃贞固,勋烈垂竹帛。

昌言太后朝,潜运储君策。

待贤开相府,共理登方伯。

至今青云人,犹是门下客。

宓公琴台诗三首

宓子昔为政,鸣琴登此台。

琴和人亦闲,千载称其才。

临眺忽凄怆,人琴安在哉。

悠悠此天壤,唯有颂声来。

邦伯感遗事,慨然建琴堂。

乃知静者心,千载犹相望。

入室想其人,出门何茫茫。

唯见白云合,东临邹鲁乡。

皤皤邑中老,自夸邑中理。

何必升君堂,然后知君美。

开门无犬吠,早卧常晏起。

昔人不忍欺,今我还复尔。

李云南征蛮诗

圣人赫斯怒，诏伐西南戎。

肃穆庙堂上，深沉节制雄。

遂令感激士，得建非常功。

料死不料敌，顾恩宁顾终。

鼓行天海外，转战蛮夷中。

梯巇近高鸟，穿林经毒虫。

鬼门无归客，北户多南风。

蜂虿隔万里，云雷随九攻。

长驱大浪破，急击群山空。

饷道忽已远，悬军垂欲穷。

精诚动白日，愤薄连苍穹。

野食掘田鼠，晡餐兼焚僮。

收兵列亭堠，拓地弥西东。

临事耻苟免，履危能饬躬。

将星独照耀，边色何溟濛。

泸水夜可涉，交州今始通。

归来长安道，召见甘泉宫。

廉蔺若未死，孙吴知暗同。

相逢论意气，慷慨谢深衷。

题尉迟将军新庙

周室既板荡,贼臣立婴儿。

将军独激昂,誓欲酬恩私。

孤城日无援,高节终可悲。

家国共沦亡,精魂空在斯。

沉沉积冤气,寂寂无人知。

良牧怀深仁,与君建明祠。

父子俱血食,轩车每逶迤。

我来荐蘋蘩,感叹兴此词。

晨光上阶闼,杀气翻旌旗。

明明幽冥理,至诚信莫欺。

唯夫二千石,多庆方自兹。

观李九少府翥树宓子贱神祠碑

吾友吏兹邑,亦尝怀宓公。

安知梦寐间,忽与精灵通。

一见兴永叹,再来激深衷。

宾从何逶迤,二十四老翁。

于焉建层碑,突兀长林东。

作者无愧色，行人感遗风。

坐令高岸尽，独对秋山空。

片石勿谓轻，斯言固难穷。

龙盘色丝外，鹊顾偃波中。

形胜驻群目，坚贞指苍穹。

我非王仲宣，去矣徒发蒙。

同观陈十六史兴碑

荆衡气偏秀，江汉流不歇。

此地多精灵，有时生才杰。

伊人今独步，逸思能间发。

永怀掩风骚，千载常矻矻。

新碑亦崔嵬，佳句悬日月。

则是刊石经，终然继梼杌。

我来观雅制，慷慨变毛发。

季主尽荒淫，前王徒贻厥。

东周既削弱，两汉更沦没。

西晋何披猖，五胡相唐突。

作歌乃彰善，比物仍恶讦。

感叹将谓谁，对之空咄咄。

宋中十首

梁王昔全盛，宾客复多才。

悠悠一千年，陈迹唯高台。

寂寞向秋草，悲风千里来。

朝临孟诸上，忽见芒砀间。

赤帝终已矣，白云长不还。

时清更何有，禾黍遍空山。

景公德何广，临变莫能欺。

三请皆不忍，妖星终自移。

君心本如此，天道岂无知。

梁苑白日暮，梁山秋草时。

君王不可见，修竹令人悲。

九月桑叶尽，寒风鸣树枝。

登高临旧国，怀古对穷秋。

落日鸿雁度，寒城砧杵愁。

昔贤不复有，行矣莫淹留。

出门望终古，独立悲且歌。

忆昔鲁仲尼，凄凄此经过。

众人不可向，伐树将如何。

逍遥漆园吏，冥没不知年。

世事浮云外，闲居大道边。

古来同一马，今我亦忘筌。

五霸递征伐，宋人无战功。

解围幸奇说，易子伤吾衷。

唯见卢门外，萧条多转蓬。

常爱宓子贱，鸣琴能自亲。

邑中静无事，岂不由其身。

何意千年后，寂寞无此人。

阏伯去已久，高丘临道傍。

人皆有兄弟，尔独为参商。

终古犹如此。而今安可量。

蓟中作

策马自沙漠，长驱登塞垣。

边城何萧条，白日黄云昏。

一到征战处，每愁胡虏翻。

岂无安边书，诸将已承恩。

惆怅孙吴事，归来独闭门。

自淇涉黄河途中作十三首（其一）

川上常极目，世情今已闲。

去帆带落日，征路随长山。

亲友若云霄，可望不可攀。

于兹任所惬，浩荡风波间。

自淇涉黄河途中作十三首（其二）

清晨泛中流，羽族满汀渚。

黄鹄何处来，昂藏寡俦侣。

飞鸣无人见，饮啄岂得所。

云汉尔固知，胡为不轻举。

自淇涉黄河途中作十三首（其三）

野人头尽白，与我忽相访。

手持青竹竿，日暮淇水上。

虽老美容色,虽贫亦闲放。

钓鱼三十年,中心无所向。

自淇涉黄河途中作十三首(其四)

南登滑台上,却望河淇间。

竹树夹流水,孤城对远山。

念兹川路阔,羡尔沙鸥闲。

长想别离处,犹无音信还。

自淇涉黄河途中作十三首(其五)

东入黄河水,茫茫泛纡直。

北望太行山,峨峨半天色。

山河相映带,深浅未可测。

自昔有贤才,相逢不相识。

自淇涉黄河途中作十三首(其六)

秋日登滑台,台高秋已暮。

独行既未惬,怀土怅无趣。

晋宋何萧条，羌胡散驰骛。

当时无战略，此地即边戍。

兵革徒自勤，山河孰云固。

乘闲喜临眺，感物伤游寓。

惆怅落日前，飘飘远帆处。

北风吹万里，南雁不知数。

归意方浩然，云沙更回互。

自淇涉黄河途中作十三首（其七）

乱流自兹远，倚楫时一望。

遥见楚汉城，崔嵬高山上。

天道昔未测，人心无所向。

屠钓称侯王，龙蛇争霸王。

缅怀多杀戮，顾此生惨怆。

圣代休甲兵，吾其得闲放。

自淇涉黄河途中作十三首（其八）

兹川方悠邈，云沙无前后。

古堰对河壖，长林出淇口。

独行非吾意，东向日已久。

忧来谁得知，且酌尊中酒。

自淇涉黄河途中作十三首(其十)

茫茫浊河注,怀古临河滨。

禹功本豁达,汉迹方因循。

坎德昔滂沱,冯夷胡不仁。

激滴陵堤防,东郡多悲辛。

天子忽惊悼,从官皆负薪。

奋筑岂无谋,祈祷如有神。

宣房今安在,高岸空嶙峋。

自淇涉黄河途中作十三首(其十一)

我行倦风湍,辍棹将问津。

空传歌瓠子,感慨独愁人。

孟夏桑叶肥,秾阴夹长津。

蚕农有时节,田野无闲人。

临水狎渔樵,望山怀隐沦。

谁能去京洛,憔悴对风尘。

自淇涉黄河途中作十三首(其十二)

朝景入平川,川长复垂柳。

遥看魏公墓,突兀前山后。

忆昔大业时,群雄角奔走。

伊人何电迈,独立风尘首。

传檄举敖仓,拥兵屯洛口。

连营一百万,六合如可有。

方项终比肩,乱隋将假手。

力争固难恃,骄战曷能久。

若使学萧曹,功名当不朽。

自淇涉黄河途中作十三首(其十三)

皤皤河滨叟,相遇似有耻。

辍榜聊问之,答言尽终始。

一生虽贫贱,九十年未死。

且喜对儿孙,弥惭远城市。

结庐黄河曲,垂钓长河里。

漫漫望云沙,萧条听风水。

所思强饭食,永愿在乡里。

万事吾不知,其心只如此。

宋中遇陈二

常忝鲍叔义，所期王佐才。

如何守苦节，独此无良媒。

离别十年外，飘飘千里来。

安知罢官后，惟见柴门开。

穷巷隐东郭，高堂咏南陔。

篱根长花草，井上生莓苔。

伊昔望霄汉，于今倦蒿莱。

男儿命未达，且尽手中杯。

宋中遇刘书记有别

何代无秀士，高门生此才。

森然睹毛发，若见河山来。

几载困常调，一朝时运催。

白身谒明主，待诏登云台。

相逢梁宋间，与我醉蒿莱。

寒楚眇千里，雪天昼不开。

末路终离别，不能强悲哀。

男儿争富贵，劝尔莫迟回。

鲁郡途中遇徐十八录事

谁谓嵩颍客，遂经邹鲁乡。

前临少昊墟，始觉东蒙长。

独行岂吾心，怀古激中肠。

圣人久已矣，游夏遥相望。

裴回野泽间，左右多悲伤。

日出见阙里，川平知汶阳。

弱冠负高节，十年思自强。

终然不得意，去去任行藏。

遇冲和先生

冲和生何代，或谓游东溟。

三命谒金殿，一言拜银青。

自云多方术，往往通神灵。

万乘亲问道，六宫无敢听。

昔去限霄汉，今来睹仪形。

头戴鹖鸟冠，手摇白鹤翎。

终日饮醇酒，不醉复不醒。

常忆鸡鸣山，每诵西升经。

拊背念离别，依然出户庭。

莫见今如此，曾为一客星。

鲁西至东平

沙岸拍不定，石桥水横流。

问津见鲁俗，怀古伤家丘。

寥落千载后，空传褒圣侯。

东平路作三首

南图适不就，东走岂吾心。

索索凉风动，行行秋水深。

蝉鸣木叶落，兹夕更愁霖。

明时好画策，动欲干王公。

今日无成事，依依亲老农。

扁舟向何处，吾爱汶阳中。

清旷凉夜月，裴回孤客舟。

渺然风波上，独爱前山秋。

秋至复摇落，空令行者愁。

东平路中遇大水

天灾自古有，昏垫弥今秋。

霖霪溢川原，澒洞涵田畴。

指途适汶阳，挂席经芦洲。

永望齐鲁郊，白云何悠悠。

傍沿钜野泽，大水纵横流。

虫蛇拥独树，麋鹿奔行舟。

稼穑随波澜，西成不可求。

室居相枕藉，蛙黾声啾啾。

仍怜穴蚁漂，益羡云禽游。

农夫无倚著，野老生殷忧。

圣主当深仁，庙堂运良筹。

仓廪终尔给，田租应罢收。

我心胡郁陶，征旅亦悲愁。

纵怀济时策，谁肯论吾谋。

登 垄

垄头远行客，垄上分流水。

流水无尽期，行人未云已。

浅才登一命,孤剑通万里。

岂不思故乡,从来感知己。

苦雪四首

二月犹北风,天阴雪冥冥。

寥落一室中,怅然惭百龄。

苦愁正如此,门柳复青青。

惠连发清兴,袁安念高卧。

余故非斯人,为性兼懒惰。

赖兹尊中酒,终日聊自过。

濛濛洒平陆,淅沥至幽居。

且喜润群物,焉能悲斗储。

故交久不见,鸟雀投吾庐。

孰云久闲旷,本自保知寡。

穷巷独无成,春条只盈把。

安能羡鹏举,且欲歌牛下。

乃知古时人,亦有如我者。

哭裴少府

世人谁不死，嗟君非生虑。

扶病适到官，田园在何处。

公才群吏感，葬事他人助。

余亦未识君，深悲哭君去。

行路难二首

长安少年不少钱，能骑骏马鸣金鞭。

五侯相逢大道边，美人弦管争留连。

黄金如斗不敢惜，片言如山莫弃捐。

安知憔悴读书者，暮宿灵台私自怜。

君不见富家翁，旧时贫贱谁比数。

一朝金多结豪贵，万事胜人健如虎。

子孙成行满眼前，妻能管弦妾能舞。

自矜一身忽如此，却笑傍人独愁苦。

东邻少年安所如，席门穷巷出无车。

有才不肯学干谒，何用年年空读书。

秋胡行

妾本邯郸未嫁时,容华倚翠人未知。

一朝结发从君子,将妾迢迢东鲁陲。

时逢大道无艰阻,君方游宦从陈汝。

蕙楼独卧频度春,彩阁辞君几徂暑。

三月垂杨蚕未眠,携笼结侣南陌边。

道逢行子不相识,赠妾黄金买少年。

妾家夫婿经离久,寸心誓与长相守。

愿言行路莫多情,道妾贞心在人口。

日暮蚕饥相命归,携笼端饰来庭闱。

劳心苦力终无恨,所冀君恩即可依。

闻说行人已归止,乃是向来赠金子。

相看颜色不复言,相顾怀惭有何已。

从来自隐无疑背,直为君情也相会。

如何咫尺仍有情,况复迢迢千里外。

誓将顾恩不顾身,念君此日赴河津。

莫道向来不得意,故欲留规诫后人。

古大梁行

古城莽苍饶荆榛，驱马荒城愁杀人。

魏王宫观尽禾黍，信陵宾客随灰尘。

忆昨雄都旧朝市，轩车照耀歌钟起。

军容带甲三十万，国步连营一千里。

全盛须臾那可论，高台曲池无复存。

遗墟但见狐狸迹，古地空馀草木根。

暮天摇落伤怀抱，倚剑悲歌对秋草。

侠客犹传朱亥名，行人尚识夷门道。

白璧黄金万户侯，宝刀骏马填山丘。

年代凄凉不可问，往来唯有水东流。

古歌行

君不见汉家三叶从代至，高皇旧臣多富贵。

天子垂衣方晏如，庙堂拱手无馀议。

苍生偃卧休征战，露台百金以为费。

田舍老翁不出门，洛阳少年莫论事。

九日酬颜少府

檐前白日应可惜,篱下黄花为谁有。

行子迎霜未授衣,主人得钱始沽酒。

苏秦憔悴人多厌,蔡泽栖迟世看丑。

纵使登高只断肠,不如独坐空搔首。

留别郑三、韦九兼洛下诸公

忆昨相逢论久要,顾君晒我轻常调。

羁旅虽同白社游,诗书已作青云料。

蹇质蹉跎竟不成,年过四十尚躬耕。

长歌达者杯中物,大笑前人身后名。

幸逢明盛多招隐,高山大泽征求尽。

此时亦得辞渔樵,青袍裹身荷圣朝。

犁牛钓竿不复见,县人邑吏来相邀。

远路鸣蝉秋兴发,华堂美酒离忧销。

不知何日更携手,应念兹晨去折腰。

送杨山人归嵩阳

不到嵩阳动十年，旧时心事已徒然。

一二故人不复见，三十六峰犹眼前。

夷门二月柳条色，流莺数声泪沾臆。

凿井耕田不我招，知君以此忘帝力。

山人好去嵩阳路，惟余眷眷长相忆。

送　别

昨夜离心正郁陶，三更白露西风高。

萤飞木落何淅沥，此时梦见西归客。

曙钟寥亮三四声，东邻嘶马使人惊。

揽衣出户一相送，唯见归云纵复横。

赠别晋三处士

有人家住清河源，渡河问我游梁园。

手持道经注已毕，心知内篇口不言。

卢门十年见秋草，此心惆怅谁能道。

知己从来不易知，慕君为人与君好。

别时九月桑叶疏，出门千里无行车。

爱君且欲君先达，今上求贤早上书。

送浑将军出塞

将军族贵兵且强，汉家已是浑邪王。

子孙相承在朝野，至今部曲燕支下。

控弦尽用阴山儿，登阵常骑大宛马。

银鞍玉勒绣蝥弧，每逐嫖姚破骨都。

李广从来先将士，卫青未肯学孙吴。

传有沙场千万骑，昨日边庭羽书至。

城头画角三四声，匣里宝刀昼夜鸣。

意气能甘万里去，辛勤判作一年行。

黄云白草无前后，朝建旌旄夕刁斗。

塞下应多侠少年，关西不见春杨柳。

从军借问所从谁，击剑酣歌当此时。

远别无轻绕朝策，平戎早寄仲宣诗。

送蔡山人

东山布衣明古今,自言独未逢知音。
识者阅见一生事,到处豁然千里心。
看书学剑长辛苦,近日方思谒明主。
斗酒相留醉复醒,悲歌数年泪如雨。
丈夫遭遇不可知,买臣主父皆如斯。
我今蹭蹬无所似,看尔崩腾何若为。

题李别驾壁

去乡不远逢知己,握手相欢得如此。
礼乐遥传鲁伯禽,宾客争过魏公子。
酒筵暮散明月上,枥马长鸣春风起。
一生称意能几人,今日从君问终始。

寄宿田家

田家老翁住东陂,说道平生隐在兹。
鬓白未曾记日月,山青每到识春时。

门前种柳深成巷,野谷流泉添入池。

牛壮日耕十亩地,人闲常扫一茅茨。

客来满酌清尊酒,感兴平吟才子诗。

岩际窟中藏鼷鼠,潭边竹里隐鸬鹚。

村墟日落行人少,醉后无心怯路歧。

今夜只应还寄宿,明朝拂曙与君辞。

送田少府贬苍梧

沉吟对迁客,惆怅西南天。

昔为一官未得意,今向万里令人怜。

念兹斗酒成暌间,停舟叹君日将晏。

远树应怜北地春,行人却羡南归雁。

丈夫穷达未可知,看君不合长数奇。

江山到处堪乘兴,杨柳青青那足悲。

平台夜遇李景参有别

离心忽恍然,策马对秋天。

孟诸薄暮凉风起,归客相逢渡睢水。

昨时携手已十年,今日分途各千里。

岁物萧条满路歧,此行浩荡令人悲。

家贫羡尔有微禄,欲往从之何所之。

送郭处士往莱芜，兼寄苟山人

君为东蒙客，往来东蒙畔。

云卧临峄阳，山行穷日观。

少年词赋皆可听，秀眉白面风清泠。

身上未曾染名利，口中犹未知膻腥。

今日还山意无极，岂辞世路多相识。

归见莱芜九十翁，为论别后长相忆。

崔司录宅燕大理李卿

多雨殊未已，秋云更沉沉。

洛阳故人初解印，山东小吏来相寻。

上卿才大名不朽，早朝至尊暮求友。

豁达常推海内贤，殷勤但酌尊中酒。

饮醉欲言归剡溪，门前驷马光照衣。

路傍观者徒唧唧，我公不以为是非。

同鲜于洛阳于毕员外宅观画马歌

知君爱鸣琴,仍好千里马。

永日恒思单父中,有时心到宛城下。

遇客丹青天下才,白生胡雏控龙媒。

主人娱宾画障开,只言骐骥西极来。

半壁趢趢势不住,满堂风飘飒然度。

家僮愕视欲先鞭,枥马惊嘶还屡顾。

始知物妙皆可怜,燕昭市骏岂徒然。

纵令剪拂无所用,犹胜驽骀在眼前。

同河南李少尹毕员外宅夜饮时

故人美酒胜浊醪,故人清词合风骚。

长歌满酌惟吾曹,高谈正可挥麈毛。

半醉忽然持蟹螯,洛阳告捷倾前后。

武侯腰间印如斗,郎官无事时饮酒。

杯中绿蚁吹转来,瓮上飞花拂还有。

前年持节将楚兵,去年留司在东京。

今年复拜二千石,盛夏五月西南行。

彭门剑门蜀山里,昨逢军人劫夺我。

到家但见妻与子。

赖得饮君春酒数十杯,不然令我愁欲死。

同李九士曹观壁画云作

始知帝乡客,能画苍梧云。

秋天万里一片色,只疑飞尽犹氛氲。

见薛大臂鹰作

寒楚十二月,苍鹰八九毛。

寄言燕雀莫相忌,自有云霄万里高。

画马篇

君侯枥上骢,貌在丹青中。

马毛连钱蹄铁色,图画光辉骄玉勒。

马行不动势若来,权奇蹴踏无尘埃。

感兹绝代称妙手,遂令谈者不容口。

麒麟独步自可珍,鸳骀万匹知何有。

终未如他枥上骢,载华毂,骋飞鸿。

荷君剪拂与君用,一日千里如旋风。

送桂阳孝廉

桂阳年少西入秦,数经甲科犹白身。

即今江海一归客,他日云霄万里人。

送李少府,时在客舍作

相逢旅馆意多违,暮雪初晴候雁飞。

主人酒尽君未醉,薄暮途遥归不归。

饯宋八充彭中丞判官之岭南

睹君济时略,使我气填膺。

长策竟不用,高才徒见称。

一朝知己达,累日诏书征。

羽翮忽然就,风飙谁敢凌。

举鞭趋岭峤,屈指冒炎蒸。

北雁送驰驿,南人思饮冰。

彼邦本倔强,习俗多骄矜。

翠羽干平法,黄金挠直绳。

若将除害马，慎勿信苍蝇。

魑魅宁无患，忠贞适有凭。

猿啼山不断，鸢跕路难登。

海岸出交趾，江城连始兴。

绣衣当节制，幕府盛威棱。

勿惮九嶷险，须令百越澄。

立谈多感激，行李即严凝。

离别胡为者，云霄迟尔升。

陪窦侍御泛灵云池

白露时先降，清川思不穷。

江湖仍塞上，舟楫在军中。

舞换临津树，歌饶向迥风。

夕阳连积水，边色满秋空。

乘兴宜投辖，邀欢莫避骢。

谁怜持弱羽，犹欲伴鹓鸿。

陪窦侍御灵云南亭宴，诗得雷字

人幽宜眺听，目极喜亭台。

风景知愁在，关山忆梦回。

只言殊语默，何意忝游陪。

连唱波澜动，冥搜物象开。

新秋归远树，残雨拥轻雷。

檐外长天尽，尊前独鸟来。

常吟塞下曲，多谢幕中才。

河汉徒相望，嘉期安在哉。

同熊少府题卢主簿茅斋

虚院野情在，茅斋秋兴存。

孝廉趋下位，才子出高门。

乃继幽人静，能令学者尊。

江山归谢客，神鬼下刘根。

阶树时攀折，窗书任讨论。

自堪成独往，何必武陵源。

同朱五题卢使君义井

高义唯良牧，深仁自下车。

宁知凿井处，还是饮冰馀。

地即泉源久，人当汲引初。

体清能鉴物，色洞每含虚。

上善滋来往,中和浃里闾。

济时应未竭,怀惠复何如。

同郭十题杨主簿新厅

华馆曙沈沈,惟良正在今。

用材兼柱石,闻物象高深。

更得芝兰地,兼营枳棘林。

向风扃戟户,当暑近棠阴。

勿改安卑节,聊闲理剧心。

多君有知己,一和郢中吟。

秋日作

端居值秋节,此日更愁辛。

寂寞无一事,蒿莱通四邻。

闭门生白发,回首忆青春。

岁月不相待,交游随众人。

云霄何处托,愚直有谁亲。

举酒聊自劝,穷通信尔身。

辟阳城

荒城在高岸，凌眺俯清淇。

传道汉天子，而封审食其。

奸淫且不戮，茅土孰云宜。

何得英雄主，返令儿女欺。

母仪良已失，臣节岂如斯。

太息一朝事，乃令人所嗤。

赴彭州山行之作

峭壁连崆峒，攒峰叠翠微。

鸟声堪驻马，林色可忘机。

怪石时侵径，轻萝乍拂衣。

路长愁作客，年老更思归。

且悦岩峦胜，宁嗟意绪违。

山行应未尽，谁与玩芳菲。

咏　史

尚有绨袍赠，应怜范叔寒。

不知天下士，犹作布衣看。

送兵到蓟北

积雪与天迥，屯军连塞愁。

谁知此行迈，不为觅封侯。

同群公题张处士菜园

耕地桑柘间，地肥菜常熟。

为问葵藿资，何如庙堂肉。

逢谢偃

红颜怆为别，白发始相逢。

唯馀昔时泪，无复旧时容。

田家春望

出门何所见，春色满平芜。

可叹无知己，高阳一酒徒。

闲　居

柳色惊心事，春风厌索居。

方知一杯酒，犹胜百家书。

封丘作

州县才难适，云山道欲穷。

揣摩惭黠吏，栖隐谢愚公。

九曲词三首

许国从来彻庙堂，连年不为在疆场。

将军天上封侯印，御史台上异姓王。

万骑争歌杨柳春，千场对舞绣骐驎。

到处尽逢欢洽事，相看总是太平人。

铁骑横行铁岭头，西看逻逤取封侯。

青海只今将饮马，黄河不用更防秋。

咏马鞭

龙竹养根凡几年，工人截之为长鞭，

一节一目皆天然。珠重重，星连连。

绕指柔，纯金坚。绳不直，规不圆。

把向空中捎一声，良马有心日驰千。

塞下曲

君不见芳树枝,春花落尽蜂不窥。

君不见梁上泥,秋风始高燕不栖。

荡子从军事征战,蛾眉婵娟守空闺。

独宿自然堪下泪,况复时闻乌夜啼。

部落曲

蕃军傍塞游,代马喷风秋。

老将垂金甲,闲支著锦裘。

雕戈蒙豹尾,红旆插狼头。

日暮天山下,鸣笳汉使愁。

赠杜二拾遗

传道招提客,诗书自讨论。

佛香时入院,僧饭屡过门。

听法还应难,寻经剩欲翻。

草玄今已毕,此外复何言。

醉后赠张九旭

世上谩相识,此翁殊不然。

兴来书自圣,醉后语尤颠。

白发老闲事,青云在目前。

床头一壶酒,能更几回眠。

途中寄徐录事

落日风雨至,秋天鸿雁初。

离忧不堪比,旅馆复何如。

君又几时去,我知音信疏。

空多箧中赠,长见右军书。

酬卫八雪中见寄

季冬忆淇上,落日归山樊。

旧宅带流水,平田临古村。

雪中望来信,醉里开衡门。

果得希代宝,缄之那可论。

送白少府送兵之陇右

践更登陇首,远别指临洮。

为问关山事,何如州县劳。

军容随赤羽,树色引青袍。

谁断单于臂,今年太白高。

河西送李十七

边城多远别,此去莫徒然。

问礼知才子,登科及少年。

出门看落日,驱马向秋天。

高价人争重,行当早著鞭。

送张瑶贬五谿尉

他日维桢干,明时悬镆铘。

江山遥去国,妻子独还家。

离别无嫌远,沉浮勿强嗟。

南登有词赋,知尔吊长沙。

别韦五

徒然酌杯酒，不觉散人愁。

相识仍远别，欲归翻旅游。

夏云满郊甸，明月照河洲。

莫恨征途远，东看漳水流。

别刘大校书

昔日京华去，知君才望新。

应犹作赋好，莫叹在官贫。

且复伤远别，不然愁此身。

清风几万里，江上一归人。

宋中别司功叔，各赋一物得商丘

商丘试一望，隐隐带秋天。

地与辰星在，城将大路迁。

干戈悲昔事，墟落对穷年。

即此伤离绪，凄凄赋酒筵。

送蔡十二之海上

黯然何所为,相对但悲酸。

季弟念离别,贤兄救急难。

河流冰处尽,海路雪中寒。

尚有南飞雁,知君不忍看。

别韦兵曹

离别长千里,相逢数十年。

此心应不变,他事已徒然。

惆怅春光里,蹉跎柳色前。

逢时当自取,看尔欲先鞭。

独孤判官部送兵

饯君嗟远别,为客念周旋。

征路今如此,前军犹眇然。

出关逢汉壁,登陇望胡天。

亦是封侯地,期君早着鞭。

别从甥万盈

诸生曰万盈,四十乃知名。

宅相予偏重,家丘人莫轻。

美才应自料,苦节岂无成。

莫以山田薄,今春又不耕。

别崔少府

知君少得意,汶上掩柴扉。

寒食仍留火,春风未授衣。

皆言黄绶屈,早向青云飞。

借问他乡事,今年归不归。

别冯判官

碣石辽西地,渔阳蓟北天。

关山唯一道,雨雪尽三边。

才子方为客,将军正渴贤。

遥知幕府下,书记日翩翩。

淇上送韦司仓往滑台

饮酒莫辞醉,醉多适不愁。

孰知非远别,终念对穷秋。

滑台门外见,淇水眼前流。

君去应回首,风波满渡头。

送崔功曹赴越

传有东南别,题诗报客居。

江山知不厌,州县复何如。

莫恨吴歈曲,尝看越绝书。

今朝欲乘兴,随尔食鲈鱼。

送蹇秀才赴临洮

怅望日千里,如何今二毛。

犹思阳谷去,莫厌陇山高。

倚马见雄笔,随身唯宝刀。

料君终自致,勋业在临洮。

广陵别郑处士

落日知分手，春风莫断肠。

兴来无不惬，才在亦何伤。

溪水堪垂钓，江田耐插秧。

人生只为此，亦足傲羲皇。

别孙诉

离人去复留，白马黑貂裘。

屈指论前事，停鞭惜旧游。

帝乡那可忘，旅馆日堪愁。

谁念无知己，年年睢水流。

送刘评事充朔方判官，赋得征马嘶

征马向边州，萧萧嘶不休。

思深应带别，声断为兼秋。

歧路风将远，关山月共愁。

赠君从此去，何日大刀头。

送魏八

更沽淇上酒，还泛驿前舟。

为惜故人去，复怜嘶马愁。

云山行处合，风雨兴中秋。

此路无知己，明珠莫暗投。

赠别褚山人

携手赠将行，山人道姓名。

光阴蓟子训，才术褚先生。

墙上梨花白，尊中桂酒清。

洛阳无二价，犹是慕风声。

别王八

征马嘶长路，离人把佩刀。

客来东道远，归去北风高。

时候何萧索，乡心正郁陶。

传君遇知己，行日有绨袍。

送董判官

逢君说行迈,倚剑别交亲。

幕府为才子,将军作主人。

近关多雨雪,出塞有风尘。

长策须当用,男儿莫顾身。

送郑侍御谪闽中

谪去君无恨,闽中我旧过。

大都秋雁少,只是夜猿多。

东路云山合,南天瘴疠和。

自当逢雨露,行矣慎风波。

玉台观

浩劫因王造,平台访古游。

彩云萧史驻,文字鲁恭留。

宫阙通群帝,乾坤到十洲。

人传有笙鹤,时过北山头。

送李侍御赴安西

行子对飞蓬,金鞭指铁骢。

功名万里外,心事一杯中。

虏障燕支北,秦城太白东。

离魂莫惆怅,看取宝刀雄。

送裴别将之安西

绝域眇难跻,悠然信马蹄。

风尘经跋涉,摇落怨暌携。

地出流沙外,天长甲子西。

少年无不可,行矣莫凄凄。

宴郭校书,因之有别

彩服趋庭训,分交载酒过。

芸香名早著,蓬转事仍多。

苦战知机息,穷愁奈别何。

云霄莫相待,年鬓已蹉跎。

同李太守北池泛舟,宴高平郑太守

每揖龚黄事,还陪李郭舟。

云从四岳起,水向百城流。

幽意随登陟,嘉言即献酬。

乃知缝掖贵,今日对诸侯。

同崔员外、綦毋拾遗
九日宴京兆府李士曹

今日好相见,群贤仍废曹。

晚晴催翰墨,秋兴引风骚。

绛叶拥虚砌,黄花随浊醪。

闭门无不可,何事更登高。

同群公十月朝宴李太守宅

良牧征高赏,褰帷问考槃。

岁时当正月,甲子入初寒。

已听甘棠颂,欣陪旨酒欢。

仍怜门下客,不作布衣看。

武威同诸公过杨七山人,得藤字

幕府日多暇,田家岁复登。

相知恨不早,乘兴乃无恒。

穷巷在乔木,深斋垂古藤。

边城唯有醉,此外更何能。

同群公登濮阳圣佛寺阁

落日登临处,悠然意不穷。

佛因初地识,人觉四天空。

来雁清霜后,孤帆远树中。

裴回伤寓目,萧索对寒风。

同卫八题陆少府书斋

知君薄州县,好静无冬春。

散帙至栖鸟,明灯留故人。

深房腊酒熟,高院梅花新。

若是周旋地,当令风义亲。

淇上别业

依依西山下,别业桑林边。

庭鸭喜多雨,邻鸡知暮天。

野人种秋菜,古老开原田。

且向世情远,吾今聊自然。

入昌松东界山行

鸟道几登顿,马蹄无暂闲。

崎岖出长坂,合沓犹前山。

石激水流处,天寒松色间。

王程应未尽,且莫顾刀环。

使青夷军入居庸三首

匹马行将久,征途去转难。

不知边地别,只讶客衣单。

溪冷泉声苦,山空木叶干。

莫言关塞极,云雪尚漫漫。

古镇青山口,寒风落日时。

岩峦鸟不过,冰雪马堪迟。

出塞应无策,还家赖有期。

东山足松桂,归去结茅茨。

登顿驱征骑,栖迟愧宝刀。

远行今若此,微禄果徒劳。

绝坂水连下,群峰云共高。

自堪成白首,何事一青袍。

自蓟北归

驱马蓟门北,北风边马哀。

苍茫远山口,豁达胡天开。

五将已深入,前军止半回。

谁怜不得意,长剑独归来。

东平别前卫县李寀少府

黄鸟翩翩杨柳垂，春风送客使人悲。

怨别自惊千里外，论交却忆十年时。

云开汶水孤帆远，路绕梁山匹马迟。

此地从来可乘兴，留君不住益凄其。

夜别韦司士，得城字

高馆张灯酒复清，夜钟残月雁归声。

只言啼鸟堪求侣，无那春风欲送行。

黄河曲里沙为岸，白马津边柳向城。

莫怨他乡暂离别，知君到处有逢迎。

送李少府贬峡中，王少府贬长沙

嗟君此别意何如，驻马衔杯问谪居。

巫峡啼猿数行泪，衡阳归雁几封书。

青枫江上秋天远，白帝城边古木疏。

圣代即今多雨露，暂时分手莫踌躇。

同陈留崔司户早春宴蓬池

同官载酒出郊圻,晴日东驰雁北飞。
隔岸春云邀翰墨,傍檐垂柳报芳菲。
池边转觉虚无尽,台上偏宜酩酊归。
州县徒劳那可度,后时连骑莫相违。

金城北楼

北楼西望满晴空,积水连山胜画中。
湍上急流声若箭,城头残月势如弓。
垂竿已羡磻溪老,体道犹思塞上翁。
为问边庭更何事,至今羌笛怨无穷。

同颜六少府旅宦秋中之作

传君昨夜怅然悲,独坐新斋木落时。
逸气旧来凌燕雀,高才何得混妍媸。
迹留黄绶人多叹,心在青云世莫知。
不是鬼神无正直,从来州县有瑕疵。

重　阳

节物惊心两鬓华，东篱空绕未开花。

百年将半仕三巳，五亩就荒天一涯。

岂有白衣来剥啄，一从乌帽自欹斜。

真成独坐空搔首，门柳萧萧噪暮鸦。

古乐府飞龙曲，留上陈左相

德以精灵降，时膺梦寐求。

苍生谢安石，天子富平侯。

尊俎资高论，岩廊挹大猷。

相门连户牖，卿族嗣弓裘。

豁达云开霁，清明月映秋。

能为吉甫颂，善用子房筹。

阶砌思攀陟，门阑尚阻修。

高山不易仰，大匠本难投。

迹与松乔合，心缘启沃留。

公才山吏部，书癖杜荆州。

幸沐千年圣，何辞一尉休。

折腰知宠辱，回首见沉浮。

天地庄生马，江湖范蠡舟。

逍遥堪自乐，浩荡信无忧。

去此从黄绶，归欤任白头。

风尘与霄汉，瞻望日悠悠。

留上李右相

风俗登淳古，君臣挹大庭。

深沉谋九德，密勿契千龄。

独立调元气，清心豁窅冥。

本枝连帝系，长策冠生灵。

傅说明殷道，萧何律汉刑。

钧衡持国柄，柱石总朝经。

隐轸江山藻，氤氲鼎鼐铭。

兴中皆白雪，身外即丹青。

江海呼穷鸟，诗书问聚萤。

吹嘘成羽翼，提握动芳馨。

倚伏悲还笑，栖迟醉复醒。

恩荣初就列，含育忝宵形。

有窃丘山惠，无时枕席宁。

壮心瞻落景，生事感浮萍。

莫以才难用，终期善易听。

未为门下客，徒谢少微星。

同李员外贺哥舒大夫破九曲之作

遥传副丞相,昨日破西蕃。

作气群山动,扬军大旆翻。

奇兵邀转战,连弩绝归奔。

泉喷诸戎血,风驱死虏魂。

头飞攒万戟,面缚聚辕门。

鬼哭黄埃暮,天愁白日昏。

石城与岩险,铁骑皆云屯。

长策一言决,高踪百代存。

威棱慑沙漠,忠义感乾坤。

老将黯无色,儒生安敢论。

解围凭庙算,止杀报君恩。

唯有关河渺,苍茫空树墩。

信安王幕府诗

云纪轩皇代,星高太白年。

庙堂咨上策,幕府制中权。

盘石藩维固，升坛礼乐先。

国章荣印绶，公服贵貂蝉。

乐善旌深德，输忠格上玄。

剪桐光宠锡，题剑美贞坚。

圣祚雄图广，师贞武德虔。

雷霆七校发，旌旆五营连。

华省征群乂，霜台举二贤。

岂伊公望远，曾是茂才迁。

并秉韬钤术，兼该翰墨筵。

帝思麟阁像，臣献柏梁篇。

振玉登辽甸，抡金历蓟壖。

度河飞羽檄，横海泛楼船。

北伐声逾迈，东征务以专。

讲戎喧涿野，料敌静居延。

军势持三略，兵戎自九天。

朝瞻授钺去，时听偃戈旋。

大漠风沙里，长城雨雪边。

云端临碣石，波际隐朝鲜。

夜壁冲高斗，寒空驻彩旃。

倚弓玄兔月，饮马白狼川。

庶物随交泰，苍生解倒悬。

四郊增气象，万里绝风烟。

关塞鸿勋著，京华甲第全。

落梅横吹后，春色凯歌前。

直道常兼济，微才独弃捐。

曳裾诚已矣，投笔尚凄然。

作赋同元淑，能诗匪仲宣。

云霄不可望，空欲仰神仙。

东平旅游，奉赠薛太守二十四韵

颂美驰千古，钦贤仰大猷。

晋公标逸气，汾水注长流。

神与公忠节，天生将相俦。

青云本自负，赤县独推尤。

御史风逾劲，郎官草屡修。

鹓鸾粉署起，鹰隼柏台秋。

出入交三事，飞鸣揖五侯。

军书陈上策，廷议借前筹。

肃肃趋朝列，雍雍引帝求。

一麾俄出守，千里再分忧。

不改任棠水，仍传晏子裘。

歌谣随举扇，旌旆逐鸣驺。

郡国长河绕，川原大野幽。

地连尧泰岳，山向禹青州。

汶上春帆渡，秦亭晚日愁。

遗墟当少昊，悬象逼奎娄。

即此逢清鉴，终然喜暗投。

叨承解榻礼，更得问缣游。

高兴陪登陟，嘉言忝献酬。

观棋知战胜,探象会冥搜。

眺听情何限,冲融惠勿休。

只应齐语默,宁肯问沉浮。

然诺长怀季,栖遑辄累丘。

平生感知己,方寸岂悠悠。

真定即事,奉赠韦使君二十八韵

飘泊怀书客,迟回此路隅。

问津惊弃置,投刺忽踟蹰。

方伯恩弥重,苍生咏已苏。

郡称廉叔度,朝议管夷吾。

乃继三台侧,仍将四岳俱。

江山澄气象,崖谷倚冰壶。

诏宠金门策,官荣叶县凫。

擢才登粉署,飞步蹑云衢。

起草征调墨,焚香即宴娱。

光华扬盛矣,霄汉在兹乎。

隐轸推公望,逶迤协帝俞。

轩车辞魏阙,旌节副幽都。

始佩仙郎印,俄兼太守符。

尤多蜀郡理,更得颍川谟。

城邑推雄镇,山川列简图。

旧燕当绝漠,全赵对平芜。

旷野何弥漫，长亭复郁纡。

始泉遗俗近，活水战场无。

月换思乡陌，星回记斗枢。

岁容归万象，和气发鸿炉。

沦落而谁遇，栖遑有是夫。

不才羞拥肿，干禄谢侏儒。

契阔惭行迈，羁离忆友于。

田园同季子，储蓄异陶朱。

方欲呈高义，吹嘘揖大巫。

永怀吐肝胆，犹惮阻荣枯。

解榻情何限，忘言道未殊。

从来贵缝掖，应是念穷途。

和窦侍御登凉州七级浮图之作

化塔屹中起，孤高宜上跻。

铁冠雄赏眺，金界宠招携。

空色在轩户，边声连鼓鼙。

天寒万里北，地豁九州西。

清兴揖才彦，峻风和端倪。

始知阳春后，具物皆筌蹄。

酬河南节度使贺兰大夫见赠之作

高阁凭栏槛,中军倚旆旌。

感时常激切,于己即忘情。

河华屯妖气,伊瀍有战声。

愧无戡难策,多谢出师名。

秉钺知恩重,临戎觉命轻。

股肱瞻列岳,唇齿赖长城。

隐隐摧锋势,光光弄印荣。

鲁连真义士,陆逊岂书生。

直道宁殊智,先鞭忽抗行。

楚云随去马,淮月尚连营。

抚剑堪投分,悲歌益不平。

从来重然诺,况值欲横行。

奉酬睢阳路太守见赠之作

盛才膺命代,高价动良时。

帝简登藩翰,人和发咏思。

神仙去华省,鹓鹭忆丹墀。

清净能无事,优游即赋诗。

江山纷想像,云物共萎蕤。

逸气刘公幹,玄言向子期。

多惭汲引速,翻愧激昂迟。

相马知何限,登龙反自疑。

风尘吏道迫,行迈旅心悲。

拙疾徒为尔,穷愁欲问谁。

秋庭一片叶,朝镜数茎丝。

州县甘无取,丘园悔莫追。

琼瑶生箧笥,光景借茅茨。

他日青霄里,犹应访所知。

奉酬睢阳李太守

公族称王佐,朝经允帝求。

本枝疆我李,盘石冠诸刘。

礼乐光辉盛,山河气象幽。

系高周柱史,名重晋阳秋。

华省膺推择,青云宠宴游。

握兰多具美,前席有嘉谋。

赋得黄金赐,言皆白璧酬。

著鞭驱骇马,操刃解全牛。

出镇兼方伯,承家复列侯。

朝瞻孔北海,时用杜荆州。

广固才登陟,毗陵忽阻修。

三台冀入梦,四岳尚分忧。

郡邑连京口,山川望石头。

海门当建节,江路引鸣驺。

俗见中兴理,人逢至道休。

先移白额横,更息褚衣偷。

梁国歌来晚,徐方怨不留。

岂伊齐政术,将以变浇浮。

讼简知能吏,刑宽察要囚。

坐堂风偃草,行县雨随辀。

地是蒙庄宅,城遗阏伯丘。

孝王馀井径,微子故田畴。

冬至招摇转,天寒蟏蛸收。

猿岩飞雨雪,兔苑落梧楸。

列戟霜侵户,褰帏月在钩。

好贤常解榻,乘兴每登楼。

逸足横千里,高谈注九流。

诗题青玉案,衣赠黑貂裘。

穷巷轩车静,闲斋耳目愁。

未能方管乐,翻欲慕巢由。

讲德良难敌,观风岂易俦。

寸心仍有适,江海一扁舟。

送柴司户充刘卿判官之岭外

岭外资雄镇，朝端宠节旄。

月卿临幕府，星使出词曹。

海对羊城阔，山连象郡高。

风霜驱瘴疠，忠信涉波涛。

别恨随流水，交情脱宝刀。

有才无不适，行矣莫徒劳。

送蔡少府赴登州推事

胶东连即墨，莱水入沧溟。

国小常多事，人讹屡抵刑。

公才征郡邑，诏使出郊垌。

标格谁当犯，风谣信可听。

峥嵘大岘口，逦迤汶阳亭。

地迥云偏白，天秋山更青。

祖筵方卜昼，王事急侵星。

劝尔将为德，斯言盖有听。

秦中送李九赴越

携手望千里，于今将十年。

如何每离别，心事复迍邅。

适越虽有以，出关终耿然。

愁霖不可向，长路或难前。

吴会独行客，山阴秋夜船。

谢家征故事，禹穴访遗编。

镜水君所忆，莼羹余旧便。

归来莫忘此，兼示济江篇。

玉真公主歌

常言龙德本天仙，谁谓仙人每学仙。

更道玄元指李日，多于王母种桃年。

仙宫仙府有真仙，天宝天仙秘莫传。

为问轩皇三百岁，何如大道一千年。

和王七玉门关听吹笛

胡人吹笛戍楼间，楼上萧条海月闲。

借问落梅凡几曲，从风一夜满关山。

初至封丘作

可怜薄暮宦游子，独卧虚斋思无已。

去家百里不得归，到官数日秋风起。

高适与诗歌

边塞诗人高适

高适是盛唐边塞诗派的重要代表人物。他的诗作具有冷峻地直面现实与应时而生的高昂意气相结合的特色,给人以昂扬向上的激情的感染。

仕进无门

高适(703—765 年),字达夫,他的籍贯现在已很难考知了。他的祖父高侃是唐高宗时的名将,父亲崇文曾任韶州长史。因此高适少时有学书学剑的良好条件,而且非常自负,雄心勃勃,自以为获取公卿的高位指日可待。他不愿意走"门荫入仕"的路,又"耻预常科",不屑于走考进士、明经的常道,但于"所以待非常之才"的制科之途,并不拒绝走。

高适少时客居宋州,学书学剑;二十岁的时候西游长安,首探仕路。他的想法很天真:经人举荐受到天子的召见和赏识,很快获取公卿的高位,一鸣惊人。但没有想到,社会的现实和诗人的理想相差甚远。高适在长安仕进无门,又不肯攀附权贵,只好又返回宋州。

首探仕路失败,对高适的打击很大,但也使他的头脑变得清醒,并没有让他放弃追求和失去自信。从长安返回后近十年,高适一直居于宋州,一面从事农耕,一面孜孜攻读。《旧唐书》本传称高适"喜言王霸大略",在他的诗中也每每提到"纵横谟"等,说明平治天下的方略乃诗人着重钻研的学问。

《行路难二首(其二)》反映了诗人这一时期的思想和追求:"君不见富

家翁,旧时贫贱谁比数? 一朝金多结豪贵,百事胜人健如虎。子孙成行满眼前,妻能管弦妾能舞。自矜一身忽如此,却笑傍人独愁苦。东邻少年安所如? 席门穷巷出无车。有才不肯学干谒,何用年年空读书!"这首诗成功地运用对比手法来突现主题。诗人用将大把金钱交结权贵因而"百事胜人健如虎"的富家翁同有才而不肯干谒权贵以致"席门穷巷出无车"的书生作对比,从而揭示了权贵当道的现实。

开元十九年(731年)秋,高适从宋州出发,北游燕赵。当时诗人想走从戎入幕而登仕途的道路,然而最后只有失望地离开幽蓟南返。

高适胸怀大志,性情狂放不羁,但眼睛却始终注视着社会现实。这个阶段两次求仕的失败,加深了他对现实的认识,增广了他的社会阅历和生活体验,使得他在这个阶段写作的诗歌大都具有充实、深刻的社会内容。宏大的抱负、狂放的性情和失志的遭遇,又使得他这个阶段的诗歌具有一种慷慨悲壮的美。

《塞上》一诗就充分体现了这种特色:"东出卢龙塞,浩然客思孤。亭堠列万里,汉兵犹备胡。边尘涨北溟,虏骑正南驱。转斗岂长策,和亲非远图。惟昔李将军,按节出皇都。总戎扫大漠,一战擒单于。常怀感激心,愿效纵横谟。倚剑欲谁语,关河空郁纡。"诗中表达了诗人要求选用良将,一举破敌,在短期内解除边患的愿望。最后慨叹自己空有安边的壮志和大略却无人理睬。全诗抒情、议论结合,在失志的悲慨中寓有壮激之气,显现出悲壮、沉雄的本色。

不隐不仕

高适两次求仕不成,直到天宝八载(749年),他大部分时间居于宋州,但其间曾几度外出漫游:开元末游相州,天宝三载(744年),与李白、杜甫共游汴州、宋州，一起登临怀古，射猎赋诗，慷慨酣饮，订下了终生之交；同年秋末东游江苏；四载秋游山东，五载至济南郡，与北海太守李邕相会。这段时期的坎坷遭遇和漫游生活，对诗人的思想及创作产生了积极的影响。

这一阶段，诗人生活在不隐不仕的状态之中。他读书、躬耕，亲自参加劳动，广泛接触下层百姓，从而得以了解更多的社会实际；他漫游、结交、干谒，这样既能加快自己作品的流传，提高自己的社会声誉，为未来的入仕打造阶梯，又能增广阅历，扩大视野，丰富创作的题材。这期间，政治上的长期失意使诗人感到愤慨、不平，往往慷慨悲歌，但他对美好的前途又始终充满着希望和自信。他的诗作于悲歌之中往往寓有壮健之气，情调并不显得低沉。

他的诗歌创作更趋于成熟，创作了他边塞诗中最杰出的代表作《燕歌行并序》。

开元二十一年后，幽州节度使张守珪经略边事，初有战功，但先胜后败。张守珪对朝廷隐瞒实际情况，虚报战功。高适感慨很深，因而有感而发。

全诗以非常浓缩的笔墨，写了一个战役的全过程。诗的主旨是谴责在皇帝鼓励下的将领骄傲轻敌，荒淫失职，造成战争失败，使广大兵士受到极大的痛苦和牺牲。全诗气势畅达，笔力矫健。结尾提出李广，则是古今对比。这种对比，矛头所指十分明显，因而大大加强了讽刺的力量。

从戎河西

天宝八载（749年），年近半百的高适经友人推荐，中第，授陈留郡封丘县尉。县尉的卑职同心高志远的期望相距太大，所以高适到任后没有多久，便毅然辞去了封丘尉的职务。

辞官后不久，由哥舒翰幕府判官田梁丘举荐，高适被哥舒翰聘请为幕府掌书记,并于这年五六月间,由长安出发赴河西。自天宝十二载赴河西至十四载冬安史之乱爆发,高适一直任河西、陇右节度使幕府掌书记。这期间他创作了不少边塞诗,这些诗大都洋溢着高昂、明朗、欢快的情调,以豪壮为主要特色。这种不同于作者身份、地位的变化有很大关系,作品多表现从军出塞、征战立功的豪情。《塞上听吹笛》就是其中一首:"雪净胡天牧马还,月明羌笛戍楼间。借问梅花何处落?风吹一夜满关山。"它爽朗明快,描写了入侵的胡人退走后,边境月夜美丽宁静的景象和气氛,流露了作者对边塞生活的热爱之情。

十年显官

天宝十四年(755 年)十一月,安史之乱爆发。唐玄宗用哥舒翰守潼关,高适被任命为左拾遗,转监察御史,辅佐哥舒翰。潼关沦陷,高适向玄宗献策,请求竭尽内库所藏财物,召募敢死之士抗敌,玄宗不听。肃宗即位于灵武,改元至德,玄宗命诸王分镇天下,高适切谏以为不可,玄宗不听。后来镇守江陵的李璘谋反,证明了高适的远见卓识。高适因而受到唐肃宗的重用,被任命为淮南节度使、扬州大都督府长史,参与征讨李璘。李璘兵败被杀后,高适仍镇守淮南,并受命参与讨伐安史叛军。以后,高适被任命为彭州刺史、转蜀州刺史、迁剑南节度使兼成都尹。广德二年(764 年)正月,代宗召高适还京,任刑部侍郎,转散骑常侍。永泰元年(765 年)正月逝世。《旧唐书》本传称:"有唐以来,诗人之达者,惟适而已。"

《人日寄杜二拾遗》是高适晚年诗中的力作。"人日题诗寄草堂,遥怜故人思故乡。柳条弄色不忍见,梅花满枝空断肠。身在南蕃无所预,心怀百忧复千虑。今年人日空相忆,明年人日知何处。一卧东山三十春,岂知书剑老风尘。龙钟还忝二千石,愧尔东西南北人。"

这首怀友思乡的诗之所以感人，主要是它饱含着特定的历史内容，把个人遭际与国家命运紧密连结起来了。国家多事而无所作为，内心有愧于到处漂泊流离的友人。这"愧"的内涵是丰富的，它蕴含着自己匡时无计的孤愤和对友人处境深切的关怀。这种"愧"，更见得两人交谊之真、相知之深。

高适的边塞诗全面体现了盛唐边塞诗豪迈雄壮的风格，其中突出洋溢着的是他个人的或悲壮，或豪迈的特色。他的诗作浑朴质实，多用写实手法，于豪迈中给人以深沉之感，是我国古典诗歌百花园中的一朵奇葩。

高适诗作

在文学史教本里，高适归入边塞诗人一类，其代表作为《燕歌行》：

开元二十六年，客有从御史大夫张公出塞而还者，作《燕歌行》以示适。感征戍之事，因而和焉。

汉家烟尘在东北，汉将辞家破残贼。男儿本自重横行，天子非常赐颜色。枞金伐鼓下榆关，旌旆逶迤碣石间。校尉羽书飞瀚海，单于猎火照狼山。山川萧条极边土，胡骑凭陵杂风雨。战士军前半死生，美人帐下犹歌舞。大漠穷秋塞草腓，孤城落日斗兵稀。身当恩遇常轻敌，力尽关山未解围。铁衣远戍辛勤久，玉箸应啼别离后。少妇城南欲断肠，征人蓟北空回首。边庭飘摇那可度，绝域苍茫更何有？杀气三时作阵云，寒声一夜传刁斗。相看白刃血纷纷，死节从来岂顾勋？君不见沙场征战苦，至今犹忆李将军。

所说"御史大夫张公"，指当时的名将张守珪。张因作战有功，于开元二十三年拜辅国大将军兼御史大夫。后来部将两次吃败仗，他都隐瞒不报。高适听说这回事后，深感边庭缺乏优秀将材，写成此诗。

诗中"记叙"的并非事件原貌。前半"汉将"之出征遇强敌以至势孤力穷，贯穿着一股骄气。从字里行间透露出的还有种轻启战端的意味：先叙出征要"横行"，后写单于在"狼山"作战，还写到敌兵士气旺盛，都隐含着一个"非正义"的概念。这里写的已经是当时将帅的一些共相。后半描述战士的心理活动、精神世界，使全诗具有更强的震撼力。末两句更是画龙点睛之笔。

这首诗涉及的人两两对应,交织着写,气势因而磅礴。用了律诗的平仄结构和大量对偶句,加上用韵平仄相间,全首歌行便传出"金戈铁马"之声,更有战场的氛围,也更能表现作者复杂的生命体验:该责备的和该赞赏的相互缠绕,因而使愤慨和神往也争相出现。

高适这首《燕歌行》,意象是沿着一条理性思路铺排的。用王国维境界学说的观点看,写得"隔"了。但"隔"可以另具意趣。《燕歌行》的胜人之处,在于作者对边防问题的思考很符合中华文化精神。试缕述如下:

《周易》,作为中华学术元典,各卦的命名和排列次序都有含义。其最前几卦依次为乾、坤、屯、蒙、需、讼、师、比,便有如此含义:阳刚与阴柔作用,形成万物出现人类,人类幼稚时期会因争夺生活资源而打仗,但最后争执双方会走向融洽而共同发展。《周易》是周人对历史作精彩总结后抽象出来的哲思。在先哲的头脑里起码就会有黄帝族和炎帝族不打不相识的典范。

战争往往是为达到某种政治目的所采取的手段。华夏以农立国,对周边民族的政治考虑,首先是不容侵扰,却也不想扰人。华夏人相信文明程度高其吸附力就大。《论语》说的"远人不服则修文德以徕之",并非只说不做的漂亮话。

华夏人没有必要以战争求发展,却也不主张无原则地求和平,如果民族生存受到威胁,该打的仗还是要去打,而且要尽力打好。所谓打好,也不过是达致和平,并不想彻底消灭对手。有位外国军事家研究了《孙子兵法》后说道,这书讲的既是战争的理论也是和平的理论。是的,别看孙子把军事机器的所有部件都研究通透,就以为他是个战争爱好者。其实这位兵家的最高理想,是"不战而屈人之兵"。

围棋就很能体现华夏的战争理念。它不以擒获对方主帅为目标,主要通过智力的竞赛在棋枰上占得较大的份额,只是在冲突不可避免时才交战。

对待战争,本来应该采取上述的君子态度。

高适《燕歌行》抨击将帅的邀功心理,很自然可以得到广大读者的认同。

《燕歌行》虽被视为高适的代表作,我们却不可产生错觉,以为这颇"隔"的作品是高适的总体倾向。不,请看如下这首"不隔"的《塞上听吹笛》罢:

> 雪净胡天牧马还,月明羌笛戍楼间。
>
> 借问梅花何处落?风吹一夜满关山。

无论其眼前景,心中情,都带着"即兴当场"的"直接的感发"的特色,很有"境界"。牧马已还,是罢战时的景象;但戍楼羌笛,依旧悲凉;听曲而生幻觉,竟是无数梅花飘落于广大的月下关山;以幻为真,便感到壮丽,存着希冀。这是征人真实的生命体验,无须特别麻烦理性去思考、安排,出自胸臆即自然成章。

"多胸臆语,兼有风骨",是殷璠在《河岳英灵集》给高适诗的评语,确当。高适不管是否经过缜密思力安排的诗,往往都有其独特的思绪,如实吐露出来,既深沉又明快,而且能让生命体验强有力地自然展开,使读者能读出作者的生命素质。

且读其《封丘作》:

> 我本渔樵孟诸野,一生自是悠悠者。
>
> 乍可狂歌草泽中,宁堪作吏风尘下。
>
> 只言小邑无所为,公门百事皆有期。
>
> 拜迎长官心欲碎,鞭挞黎庶令人悲。
>
> 悲来向家问妻子,举家尽笑今如此。
>
> 生事应须南亩田,此情尽付东流水。
>
> 梦想旧山安在哉,为衔君命日迟回。
>
> 乃知梅福徒为尔,转忆陶潜归去来。

这诗完全是真情实感。读这样的诗是要与作者作生命对话才觉得有味的:你要会去感受作者性情中的善良、真率及其在官场中的错愕、狼狈。

且再读其《赋得还山吟送沈四山人》:

还山吟,天高日暮寒山深,送君还山识君心。人生老大须恣意,看君解作一生事，山间偃仰无不至。石泉淙淙若风雨，桂花松子常满地。卖药囊中应有钱，还山服药又长年。白云劝尽杯中物，明月相随何处眠？眠时忆问醒时事，梦魂可以相周旋。

真是一首别出心裁地送别诗！高适送朋友还山，竟好像自己去隐居一样，心魂一溜烟跑了去，然后随着自己快乐的幻想恣情漫写，末了还异想天开，说梦魂是个好朋友。话说得轻松幽默，意义却不浅，当时以"还山"做广告而实际在沽名钓誉的人不少哩！高适和他的朋友却不是这流人。

从《燕歌行》看文人的孤独

中国历代文人都有"达则兼济天下,穷则独善其身"的传统。也正因为如此,几乎所有自负"怀才"的文人都不免经受"不遇"的寂寞。当然,在历史洪流淘洗中也不乏一些沉淀成"千古垂名",为后人所标榜追寻、缅怀祭奠以及借以精神自慰的不朽人物。比如屈原;比如司马迁;比如陶渊明;再比如苏东坡,等等,不胜枚举。

高适是盛唐时期公认的有名边塞诗人,他的人生经历以及诗文成就则完全可以归入上面的"千古垂名"之列。既然都是落拓文人,在他们类似的人生境遇中,肯定存在着某种共同的"人文气质",亦即文人的寂寞,而这种寂寞往往就寓于他们的诗文当中。下面不妨就高适的这首著名边塞诗《燕歌行》来看看,解读中国文人在其诗文背后所隐藏着哪些共同的寂寞。

寂寞之一:触景生情

敏感是文人特有的气质。"见落叶而悲秋凋""观流水而叹光阴"——这种"触类旁通",即触景生情是文人们特别拥有的情感内质。而这种情感内质又是文人们多愁善感的前提,并因此成为他们赋诗作文,借以咏怀叹物的直接动因。高适在《燕歌行》序言中向我们坦言了这种寂寞,"开元二十六年,客有从御史大夫张公出塞而还者,作《燕歌行》以示适;感征戍之事,因而和焉。"只因为有"客""作《燕歌行》以示谪,"而使高适顿然"感征戍之事"的愁闷,"因而和焉",于是一首名垂千古的边塞诗歌《燕歌行》就此诞生。这就是典型的文人们触景生情的寂寞。

寂寞之二：志气空怀

"汉家烟尘在东北,汉将辞家破残贼。男儿本自重横行,天子非常赐颜色。"短短四句诗,给人吐露出了生为男儿所应具备的广襟宽胸。特别是一句"男儿本自重横行",一种激情澎湃的气魄以及壮志凌云的骨力傲风跃然纸上,令人顿生敬慕! 可是别忘了,这一切并不是高适生活的现实,而只是他的理想,一种梦幻。当时他还只是一个想通过立功边塞而封侯的功名心极强,同时又很自负的落拓诗人。有道是"爬得越高,跌得越重",其实,这本是对现实中"位高权重"者的一句讥讽戒语。但反过来,位卑权轻者,或者说是身处生活底层的人,则往往喜欢"好高骛远",豪气冲天,特别是自负"才气"过人的文人们更是喜欢做这种"漫无边际"的畅想。理想总是好的,可是期望太高却往往会印证上面那句本来是专门为"位高权重"者说的"谶语"。于是,那种志气空怀的寂寞倍感煎熬。难道这不是文人们所"感同身受"的寂寞?

寂寞之三：报国无门

"拟金伐鼓下榆关,旌旆逶迤碣石间。身当恩遇常轻敌,力尽关山未解围。"这些诗句显然是根据诗人所听闻得来的信息以及眼前所看到的荒漠边塞,经过联想和想像而勾勒出的一幅惨淡悲凉但又不无凄美动人的前线征战的惨烈场面。这里所表现出来的情感显得复杂多样:既有亢奋,也有悲哀;既有激情,也有沉痛;既有对战士浴血奋战而忘我的崇高精神的颂扬,也有对将帅的骄奢淫逸痛感不满而愤激。一句"战士军前半生死,美人帐下犹歌舞",道尽了那些充塞于诗人心胸的愤懑与苦愁。也同时隐射出了诗人那种怀才不遇,报国无门的寂寞。

综观中国历代文人的坎坷经历,他们显然都有一个惊人的相似,那就是"命达",即发迹之前往往"喜欢"悲叹命运多舛,人生无望。每每生活在这种际遇之中时,他们则多半把目光放到遥远的过去或者把心思放到他们自己所不曾经历的种种令人扼腕的事情,总喜欢以假设的心态去设想自己若是身在其中会是怎么样的另外的一种结局。然后借以对"逝者"的同情,进而聊以自慰,同时抒发了自己有心报国但又不被重视与重用的哀愁心境。这又是文人们的另外一种方式的寂寞了。

寂寞之四:思想升华

"铁衣远戍辛勤久,玉箸应啼别离后。相看白刃血纷纷,死节从来岂顾勋?"这里,诗人除了对战争给征人家庭带来痛苦的深切同情以及对那些溅血沙场的兵士致以诗人崇高的敬意之外,恐怕还蕴含着更为深层的哲理性思考。征战沙场,杀敌卫国可谓是一种悲壮的"舍生取义"之道,固然也是责无旁贷。然而"少妇城南欲断肠,征人蓟北空回首",那种"人为"的断肠悲愁之场景,难道不也是一种人性的残忍?

当然诗人所生活的时代是不会去过多思考人性的残忍的,但字里行间却流露出了诗人的那种茫然与困惑,则已经在"潜意识"里把现实的茫然通达于人性的高度,亦即思想升华到哲学的高度。

中国的历代文人们就经常有这种困惑,一边在为自身的命途多舛悲叹、哀愁,一边又为因自己无力为生活于更底层的民众以切实的帮助而苦闷。其实这本身就是一种生存哲学的思考,是通达人性的寂寞。

寂寞之五：追忆往昔

"君不见沙场征战苦，至今犹忆李将军。"诗人慨今思古，既写出了当时边将的庸常无才，同时也暗寓自己枉有才华和武功却不被重用的苦闷。这既是一种对前朝名人的追忆，也是一种借助古人以自况的寂寞。试问，历代文人们每每怀才自负，却又郁郁难抒时，又有谁不是如此呢？

《燕歌行》之讥讽与否

高适的《燕歌行》是盛唐边塞诗的代表作之一。近人赵熙称之为高适诗中"第一大篇",也是唐诗中的第一流名篇。

《燕歌行》乃乐府旧题,最早见于魏文帝曹丕之作。其内容"言时序迁换,行役不归,妇人怨旷无所诉也。"或云"燕地名也,言良人行役于燕,而为此曲。"那么,高适《燕歌行》的内容如何?它有无本事?前辈学者对此说法不一,具有代表性的看法有下列几种:

其一,认为并无本事。清人何焯评曰:"常侍有《燕歌行》一首,亦是梁陈格调。"又唐汝询曰:"此述征戍之苦也,言烟尘在东北,原非犯我内地,汉将所破特余寇耳。盖此辈本重横行,天子乃厚加礼貌,能不生边衅乎?于是鸣金鼓,建旌旆,以临瀚海,适值单于之猎,凭陵我军。我军死者过半,主将方且拥美姬歌舞帐下,其不惜士卒乃尔。是以当防秋之际,斗兵日稀,然主将不以为意者,以其恃恩而轻敌也。何为使士卒力尽关山未得罢归乎?戍既久,室家相望之情极矣,则又述士卒之意曰:吾岂欲树勋于白刃间耶?既苦征战,则思古之李牧为将,守备为本,亦庶几哉!"

其二,是认为事关幽州节度使的张守珪,但是歌颂还是讽刺难定,但定有所指。此说始于清人陈沆:"张守珪为瓜州刺史,完修故城,版筑方立,虏奄至,众失色,守珪置酒城上,会饮作乐,虏疑有备,引去。守珪因纵兵击败之,故有'战士军前半死生,美人帐下犹歌舞'之句,然其时守珪尚未建节,此诗作于开元二十六年建节之时,或追咏其事,抑或刺其末年富贵骄逸,不恤士卒之词,均未可定。要之观其题序,断非无病之呻也。"

其三,即刺张守珪说。今人岑仲勉说:"此刺张守珪也……二十六年,击奚,讳败为胜,诗所由云'孤城落日斗兵稀,身当恩遇常轻敌,力尽关山未解围'也。"前此赵熙亦云:"其于守珪有微词,盖与国史相表里也。"似与岑仲勉观点相似。

从以上几说大家不难看出,"刺张守珪说"出现最晚,但由于岑仲勉在文学、史学界的地位,这一说法成了当今占统治地位的说法。

1908年《文史哲》第二期发表蔡义江《高适燕歌行非刺张守珪辨》一文,对岑仲勉说提出了不同的说法。蔡义江说:"高适《燕歌行》讽主将骄逸轻敌,不恤士卒,致使战事失利,此说诗者并无异议。""然细看序文,知高适所刺者并非张守珪。"又说:"客所示高适之《燕歌行》未知作于何时,或在还归之前;若然,则客诗所言之事,更必在二十六年之前。""守珪裨将赵堪、白真陀罗等逼令平卢军使乌知义邀叛奚与战湟水之北,先胜后败。此事乃赵堪等'假以守珪之命'而为之者,实与守珪无干。至事后守珪知而隐其败状,以克获奏闻,唐书本传虽记为二十六年,但真相泄露,守珪坐贬括州刺史,实乃二十七年之事。故《资治通鉴》……载入开元二十七年。此又二十六年已'从张公出塞而还'之客与高适均不得预闻者。"

蔡义江谓讥刺的对象是指开元二十四年奉命讨奚、契丹而轻敌致败的安禄山。文中引《资治通鉴》《新唐书·张九龄传》《张曲江文集》中《上张守珪书》《上平卢将士书》。由以上记载,蔡义江云:"知禄山入朝,本恃勇骄蹇,以后又得玄宗宥敕,则高适诗'天子非常赐颜色',或于明皇亦有微词。"又云:"安禄山喜好歌舞声色,能自作胡旋舞,此史书中屡见,与诗中'美人帐下犹歌舞'亦合。"甚至认为这是"有感于禄山重罪不诛之事,因此作《燕歌行》以寄讽的。"

此后几年,唐诗研究者就高适《燕歌行》之本事及所感"征戍之事",究竟针对什么而言,开展了深入的探讨,其中陈伯海发表于《中文自学指导》1985年第六期的《高适〈燕歌行〉三题》,是一篇带有总结性的文章。他反对《燕歌行》为"刺张守珪而作";对"刺安禄山作"之说也作了分析,认为"根据也很薄弱"。他说:"《燕歌行》中有'身当恩遇常轻敌'一句,常被引为诗歌批评将帅轻敌致败的佐证,实属误解。细观上下文意,这里不是单指统帅,而是总写作战的将士。"又云:"轻敌显然不是轻敌冒进的意思,而是指藐视敌人,甘愿为报答国恩而奋战到底。"由此他认为"不必拘泥于一时一事。高适本人是一位胸有宏图、好谈王霸大略的诗人。开元十八九年至二十二年间,他曾北上漫游蓟门,对边地生活和军事形势有亲身体验。这次再听到友人叙说前方所见所闻,自然会激起自己的种种回忆与感受,于是用诗歌的形式集中反映出来,就成了这首《燕歌行》。"

王步高的《高适的〈燕歌行〉》也不同意"刺张守珪说",认为这是一首爱国的颂歌。他说此诗为张守珪而作,似无疑问。但"所指应是开元二十四年深秋至次年二月再讨契丹之事。其间也融合了诗人六年前两次出蓟门的经验以及对张守珪出守幽燕后多次战绩的了解。"文中追溯了与奚、契丹战事的历史演变情况后指出,开元二十四年安禄山讨奚、契丹叛者恃勇轻进,为虏所败以后,丞相张九龄曾起草诏令令张守珪"可秣马驯兵,候时而动,草衰木落,则其不远。近者所征万人,不日即令出发。大集之后,诸道齐驱,蕞尔凶徒,何足歼尽。"这年深秋,张守珪发起讨奚、契丹的战争,直至开元二十五年二月在捺禄山才大破敌军。张九龄又草诏谓张守珪曰:"一二年间,凶党尽诛,亦由卿指挥得所,动不失宜。"诗前小序谓"客有从御史大夫张公出塞而还者","客"所以出塞者,也当指这一次。于此诗稍后作的《宋中送族侄式颜,时张大夫贬括州使人召式颜,遂有此作》及《睢阳酬别畅大判官》二诗中更对张守珪的功绩作了极高的赞许,对其"末路遭谗毁"表示深切的同情。

如此说成立,与诗中所言也更吻合。开头即云"汉家烟尘在东北,汉将辞家破残贼。"契丹自开元二十年以来已先后败于李及张守珪,这次出师,可突干已死,挑起战事的仅其余党而已。诗中"天子非常赐颜色"句,指张守珪前次击败奚、契丹后，于开元二十三年春赴东都捷献，皇帝赐宴并作诗奖赏，升其官为辅国大将军、右羽林大将军，给以极高的物质奖励且任其二子为官。并于幽州立碑纪功。《资治通鉴》甚至有"上美张守珪之功，欲以为相"的记载，因张九龄坚决反对才未实行。这便是"天子非常赐颜色"的内容。

文中谓"战士军前半死生，美人帐下犹歌舞"句，并非指军中的不平等，也非讽刺将官的骄奢淫逸。因为诗词中"战士"只有在与"将军"对举时才专指士兵，而在其他情况下则指"军人""将士"。这一联中，"战士军前半死生"可解为"将士军前半死生"，"美人帐下犹歌舞"也仅是反映将士们于苦中作乐，而非有讽刺之意，更不是反映张守珪"不恤士卒"或是"军中苦乐不均"。高适此前曾北上蓟州，亲自领略过守边将士的生活艰辛。他很赞赏将士们在艰苦环境中适当宴乐。其《陪窦侍御灵云南亭宴诗序》中即云："军中无事，君子饮食宴乐，宜哉。白简在边，清秋多兴，况水具舟楫，山兼亭台，始临泛而写烦，俄登陟以寄傲，丝桐徐奏，林木更爽，觞葡萄以递欢，指兰芷而可掇。胡天一望，云物苍然，雨潇潇而牧马声断，负裘裘而边歌几处，又足悲矣。"这段文字是深悟边庭将士甘苦之辞。何况古代战争属"兵来将挡，水来土掩"的战法，往往将对将，兵对兵的格斗，不能设想大批士兵在前方拼死战斗，而将领却在后方饮酒歌舞，莫说这讽刺张守珪不可能，讽刺其他将领也难以成立。

诗的结句"至今犹忆李将军"句，同样不是讽刺将官不恤士卒。这两句与"死节从来岂顾勋"意脉相连，李广尝言，"广结发与匈奴大小七十余战"，"然无尺寸之功以得封邑。"此处用"李将军"取其不得封侯意，类似的句子在高适其他诗中也时有出现，如："谁知此行迈，不为觅封侯"，"勋庸今已矣，不识霍将军"，"李广从来先将士，卫青未肯学孙吴"……显然，这里诗人抒发的是要能报效祖国，哪怕像李广那样终生不得封侯也甘心的爱国精神。所以说，这是一首爱国的颂歌，讽刺论以及多主题论，均是错误的。

因为《燕歌行》在文学史上的崇高地位，对其本事的争论还会继续下去。但争论的各方，将逐渐对某些旧说取得否定的一致意见。这样，对这样一首盛唐边塞诗的代表作的理解便将会深入一步。

听戍边将士的沉吟

诗是最能代表唐代文学的,它在盛唐达到繁荣的顶峰。在盛唐诗歌中,除山水、田园等传统题材外,边塞诗更能集中体现盛唐诗歌的特色。

以高适、岑参、王昌龄等诗人为代表的"边塞诗派"虽没有共同的旗帜,共同的组织,甚至没有统一的创作理论,但他们的诗作却具有某些共同的内容和艺术特色,在盛唐的诗苑里,丰富多彩的边塞诗就像一朵盛开的奇葩。它作为一种独立流派占据当时诗坛的一席之地,不仅仅因为这时期他们创作数量的丰富,更是由于它描写了边疆的风情,表现征戍的艰辛,战争的残酷以及围绕战争引出的种种矛盾,无处不饱含着理想主义的浪漫精神,融注着慷慨激昂的英雄气概,具有雄浑壮阔的风调。

如果没有持续不断的边塞战争及各民族之间的频繁交往,就不会产生丰富多彩的边塞诗歌。唐朝国力强盛,在这期间,各民族的融合、分裂,无不给当时社会以深刻的影响。其中战争的影响尤为突出。当时唐朝与契丹、突厥、南诏,都发生过大规模的武装冲突,尤其从开元中期至"安史之乱"爆发的近三十年中,边境几乎没有一年不发生战争。频繁的战争,火热的生活,吸引了许多诗人的注意力,当文人们看到浩浩荡荡开赴边塞的大军,不时获悉从塞外传来的捷报,怎不会受到鼓舞? 又怎能不激起他们心中强烈的创作欲望? 也正是由于这样,一些诗人开始赴边塞,去亲身经历战争的宏大场面,接受战争的洗礼,了解戍卒的心曲,接触边塞的风土人情。边塞,这块过去人们心目中的不毛之地,此时又重新产生了神奇的色彩,这里无论是战争场面还是风土人情,甚至季节的变化,山水情态都有别于内地,引得诗人们兴致勃发,于是,大量描写边塞战争,边塞风光,边塞风俗的诗歌产生了……

汉家烟尘在东北,汉将辞家破残贼。

男儿本自重横行,天子非常赐颜色。

摐金伐鼓下榆关,旌旆逶迤碣石间。

校尉羽书飞瀚海,单于猎火照狼山。

山川萧条极边土,胡骑凭陵杂风雨。

战士军前半死生,美人帐下犹歌舞。

大漠穷秋塞草腓,孤城落日斗兵稀。

身当恩遇恒轻敌,力尽关山未解围。

铁衣远戍辛勤久,玉箸应啼别离后。

少妇城南欲断肠,征人蓟北空回首。

边庭飘飖那可度,绝域苍茫更何有?

杀气三时作阵云,寒声一夜传刁斗。

相看白刃血纷纷,死节从来岂顾勋?

君不见沙场征战苦,至今犹忆李将军。

《燕歌行》是高适的代表作,也是唐朝边塞诗中的典范作品。

诗中的前四句,概写了唐朝开元时期东北部不断受敌骚扰以及张守珪立功受赏的情况。它对于诗人所要表达的思想来说,并无重要意义,但它给全诗开辟了一种比较恢宏和开阔的气势,而这正是其时的边塞诗所共有的特色。"男儿本自重横行,天子非常赐颜色,"从中我们可以领略到在开放向上的盛唐时期,男儿的赴身边塞,建功立业的豪迈风采。

从"从金伐鼓下榆关"到"力尽关山未解围"十二句,具体描写了战斗的整个过程。这里有逶迤不断的行军阵容,有萧条凄凉的边塞景色,还有对敌人的猛烈进攻和战士的血洒疆场的细致描摹等等。语气逼真,描写极其生动,富于形像感。特别诗人借"战士军前半死生,美人帐下犹歌舞"一句,运用及其鲜明的对比,感情激烈地谴责了边塞将帅的腐朽生活。

"铁衣远戍辛勤久"四句,描写了征人们因长期戍守边防不能回家而产生的苦闷绝望的心情。"少妇城南欲断肠,征人蓟北空回首"诗人把征人与少妇的相互思念,运用类似蒙太奇的手法连接在一起,在形像上给人以强烈的悲剧感受,具有震撼人心的效果。

从"边庭飘飘那可度"到全诗结束,在对边塞生活的描写中寄托了诗人的深切感受。在这里,诗人既表达了对战争的厌恶,又表现了他对李广这样的安边将帅的崇拜和渴望;并谴责将帅不体恤兵士,骄奢淫逸的恶劣行为。诗人的感情基调很凝重,在褒贬中体现了思索的痛苦。

高适的边塞诗思想内容深刻、风格悲壮,是唐代现实主义诗歌的优秀代表。

岑参与高适都有过军旅生活的经历,都以七言古诗见长,他们的诗都有慷慨报国的英雄气概和不畏艰苦的奋斗精神的共性。与高适不同的是,他更多地描绘了边塞奇丽多姿的生活。雄奇瑰丽的浪漫色彩是岑参边塞诗的基调。如他的名篇《白雪歌送武判官归京》尤为突出。

白雪歌送武判官归京:

> 北风卷地白草折,胡天八月即飞雪。
>
> 忽如一夜春风来,千树万树梨花开。
>
> 散入珠帘湿罗幕,狐裘不暖锦衾薄。
>
> 将军角弓不得控,都护铁衣冷难着。
>
> 瀚海阑干百丈冰,愁云惨淡万里凝。
>
> 中军置酒饮归客,胡琴琵琶与羌笛。
>
> 纷纷暮雪下辕门,风掣红旗冻不翻。
>
> 轮台东门送君去,去时雪满天山路。
>
> 山回路转不见君,雪上空留马行处。

这首诗抒写塞外送别、军中送客之情,但它跳出了离愁别恨的俗套,并不令人感到伤感,而是充满奇思异想,浪漫的理想和壮逸的情怀,使人觉得塞外风雪似乎也变成了可玩味欣赏的对象。"忽如一夜春风来,千树万树梨花开",以春花喻冬雪,取喻新、设想奇,比喻中含有广阔而美丽的想像,同时字里行间又透露出蓬勃浓郁的无边春意。"纷纷暮雪下辕门,风掣红旗冻不翻",帐外那以白雪为背景的鲜红一点,更与雪景相映成趣。内涵丰富,意境鲜明独特,具有极强的艺术感染力。

唐代的边塞诗像一部慷慨激昂的交响曲。从形式上看,有五言,有七言,有短篇,有长篇;从内容上看,有的抒发慷慨之情,有的铺叙异域之景,有的歌颂将士英勇,有的谴责战争残酷;从风格上看,有的诗风淡远,有的诗风豪放,真可谓是百花齐放。

聆听完这篇篇不朽的诗文,让人触摸到了那颗颗不灭的灵魂,记忆虽是凌乱,但那昔日的苍凉,过眼的繁华,总是荡气回肠,感慨万千。

"高岑"和边塞诗

盛唐时期的开元、天宝年间,边塞诗的创作盛极一时,是那个时代的突出现象。当时的著名诗人中大都写过出色的边塞诗,佳作迭出,流传甚广,在内容上丰富深刻,体裁上也是风格多样。

形成这种状况的原因首先是由于其时边境战争对国人的深刻影响,开元、天宝时期边境战争十分频繁,尤其是开元中期到安史之乱的这近三十年间,边境线上没有一年不发生武装冲突,有时候经常是数条战线同时作战。这些情况对边塞诗的创作产生了很大影响。

战争的胜利和国力的强盛使许多诗人希望立功绝域,为国出力;而战争的危害也使很多诗人深感忧虑。边境战争成为社会生活中的大问题,激起了各种反映,也引起了诗人们广泛深切的关注,这就为边塞诗创作提供了丰富而复杂的素材。

还有,盛唐时期边塞诗创作的繁荣,与很多诗人具有边塞生活的亲身经历有着很大的关系,当时较为优秀的边塞诗作者中,大多有从军入幕或游历边塞的体验,如崔颢、王昌龄、王维、王之涣、李白、高适、岑参等人均是如此。

另外,对前代优秀文学遗产的继承和发扬,也是边塞诗繁荣的重要原因之一,其实在南朝和初唐时期就已经逐渐形成了写作边塞诗的传统,如鲍照、骆宾王、陈子昂便是其中的优秀代表;盛唐边塞诗正是这一传统的继承和发展。盛唐诗人受陈子昂诗歌革新主张的影响,一方面比较关注现实,另一方面自觉的学习建安风骨,追求明朗刚健、意气风发的风格,这种审美情趣对于表现边塞题材是非常合适的。

边塞诗在内容上大致分为几个方面:有歌颂战争抒发立功壮志的,有表现战争苦难和征戍生活的艰辛,披露军中的矛盾、批评穷兵黩武的;上述的两类诗作,分别展现了歌颂与揭露、豪放和感伤这两种对立的倾向,而这两种倾向常集中体现于同一诗人的同一首作品中,体现了诗人们对战争所带来的一切进行着深层次的思考。

此外,也有抒发将士或诗人本人思乡情绪的作品,此类作品以王昌龄和岑参的诗最有特色。还有描绘边塞风光和边地人民生活习俗的诗作,诗人们在抒发感情和描写人物活动时,常用粗犷的笔触、厚重的色调描绘出苍茫雄浑的边塞风情为背景。岑参的一些诗就是以写景为主,具有很高的美学价值;至于反映边地军民生活的作品,像崔颢和高适的一些诗,都是值得关注的佳作。

高适和岑参是盛唐时期"边塞诗派"中成就最高的诗人,并称"高岑"。他们的作品多以边塞为题材,展示了祖国边地壮丽辽阔的奇风异景,反映了疆场的生活,加强了现实性,开拓了新领域,在艺术上也有所创新,其章法多变、形像鲜明、境地开阔,以乐府歌行和雄放风格著称,他们优秀的边塞诗,也反衬出盛唐诗歌所以兴盛的一个重要方面。

高适和岑参都曾投身戎幕,奔赴边疆,所以创作上有很多共同点,但是因为际遇不同、所见各异,以及在艺术手法上的不同特色,因此还是各自具有属于自己的风格。

高适早期家境贫寒,青年失意,年过四十岁尚自躬耕;他曾北上蓟门,随军到过东北塞外,想立功边疆但未能如愿。其间长期漫游在梁、宋之间,年近五十才进入仕途,先后受到玄宗、肃宗的重视,代宗时官至散骑常侍。有《高常侍集》。他的大多数优秀诗作都是在北上蓟门和漫游梁、宋时创作的。

高适的边塞诗,一方面歌颂将士们安边卫国的英勇斗志,反映出盛唐的时代风尚,一方面也表现战士们艰苦生活,表现了他对士卒疾苦的同情,是边塞战争与生活的真实写照,闪动着现实主义的光辉。

《燕歌行》是其代表作；这本是一个乐府古题，高适用来反映军事题材，展现当时边塞动荡不安的现实。这首诗虽然是乐府歌行体，但其中用了很多律句，这样相互结合，既有歌行体的流走自然，又有律诗的整齐美。全诗四句一转韵，诗的音律随着内容的转变而变化，和谐统一，富有创造性，它代表了七言歌行在当时的进一步发展。这首《燕歌行》是唐代边塞诗中的杰出作品，为世人千古传诵。

高适因为经历过潦倒的生活，早期时非常接近低层人民，所以有部分作品是描写农民的诗歌，表达出诗人对农民悲苦境遇的同情关注。在开元诗坛上，高适是第一个接触到农民疾苦的诗人。

因此总的说来，高适的诗歌是现实主义多于浪漫主义，语言质朴，多慷慨悲壮之音，树立了自己的独特风格。

岑参比高适小十几岁，同高适一样，早年孤贫，在社会上受到冷落，但也有成边立功之志；曾两度出塞，先后做过安西和关西一带的节度判官，在边塞生活了六年，对边塞的征战生活和自然风光，都有比较深刻的观察和体验。因任过嘉州刺史，故人称岑嘉州。有《岑嘉州集》。

岑参到过天山，到过轮台，去过雪海，去过交河。那里有大雪、大风、大漠、大热和激烈的战争，也有着异域的音乐。他的诗而由此开阔，喜欢用自由变动的七言歌行去表现塞外变幻的风光和激烈的征战，开创了一种奇丽雄放的诗风，闪耀着浪漫主义的光辉。

《白雪歌》《走马川行》《轮台歌》是岑参的代表作，三首歌都用的是七言歌行体裁，写的都是送别，都富有奇丽雄放的浪漫色彩，又各有特色，这也成为他边塞诗的主要风格。

岑诗被人誉为"奇才奇气、风发泉涌"，指的是他的边塞诗出类拔萃。因为他的诗奇而入理、奇而确实，所以即使是想像之笔，写来也真实动人。他把人所罕见的边塞风景，以浪漫奔放的热情写入诗中，呈现出一幅幅奇异而又壮丽的边疆景色图。

　　所以高、岑的诗风既有相同之处又存在着差异，其相同的地方是他们的诗歌都有边塞立功、慷慨报国的浩然之气，都具有悲壮的风格特色，都显示出边疆异域的奇情异彩。他们也都擅长歌行，其杰作几乎全是七言。相异的地方则表现在创作方法和艺术风格及题材上。

　　高适注重描写现实，在对战争的认识和反映民间疾苦方面，前期的作品比较深刻，表现出以现实主义为主要倾向。诗中多夹叙夹议，或直抒胸臆，写的比较朴素，摆脱了唐初绮丽浮艳的诗风，于豪迈奔放的感情中有苍凉悲壮之音。

　　而岑参的诗想像丰富、急促高亢、热情奔放，笔法多变化，主要表现出浪漫主义倾向，他善于运用夸张比喻，多景物描写，色彩绚烂，富于奇丽雄放之笔，反映的生活面也更为广阔。高、岑的诗，是盛唐边塞诗中的卓越代表。